Robär, oder per aspera ad astra

Der Autor

Hermann Roland Bolz, 1952 in Kaiserslautern geboren, erlebte dort eine glückliche Kindheit und Jugend. Angeregt durch seinen flugbegeisterten Vater widmete er sich schon früh dem Modell- und hierauf aufbauend bereits mit 14 Jahren dem Segelflug, welchen er auch heute noch als Vereinsfluglehrer betreibt.

Nach dem Abitur verpflichtete er sich für zwei Jahre bei der Bundesluftwaffe. Sein Wehrdienst war überschattet von den dramatisch-tragischen Ereignissen um die israelische Olympiamannschaft, welche er als stellvertretender Wachhabender im Jahre 1972 auf dem Fliegerhorst Fürstenfeldbruck unmittelbar erlebte und die ihn in seiner Lebenseinstellung nachhaltig prägten.

Anschließend studierte er Forstwissenschaften in Freiburg im Breisgau. Sein hieran anknüpfender beruflicher Lebensweg umfasste zahlreiche Stationen inner- und außerhalb der Forstverwaltung von Rheinland-Pfalz. So war er nach dem Fall des Eisernen Vorhangs als Amtshelfer in Thüringen, als Verwaltungsmodernisierer in der rheinland-pfälzischen Staatskanzlei und nicht zuletzt als Entwicklungshelfer in Jordanien tätig. Bis zu seiner Ruhestandsversetzung im Jahre 2019 war er Direktor der Zentralstelle der Forstverwaltung in Neustadt an der Weinstraße.

Hermann Roland Bolz ist verheiratet und Vater von sieben Kindern.

Er ist geprägt durch seinen an weiten Zeithorizonten und komplexen natürlichen und sozioökonomischen Systemen orientierten forstlichen Beruf und inspiriert sich immer wieder durch die einzigartige Weltperspektive des Segelfliegers. Im Mittelpunkt seines Handelns steht der Wunsch, seiner Verantwortung gegenüber künftigen Generationen gerecht zu werden. Daher beschäftigt er sich heute intensiv mit den aktuellen gesellschaftlichen Herausforderungen. Im Fokus steht dabei die Frage der Nachhaltigen Entwicklung von Gesellschaft und Herrschaftssystemen.

Hermann R. Bolz

Robär, oder per aspera ad astra

MIX
Papier aus verantwortungsvollen Quellen
Paper from responsible sources
FSC
www.fsc.org
FSC® C105338

Für Sylvia und Noah

© 2024 Hermann R. Bolz
Verlag: BoD · Books on Demand GmbH, In de Tarpen 42,
22848 Norderstedt
Druck: Libri Plureos GmbH, Friedensallee 273, 22763 Hamburg
Umschlagfotos: Hermann R. Bolz
ISBN: 978-3-7693-0351-3

Bibliographische Information der Deutschen Bibliothek:
Die Deutsche Bibliothek verzeichnet diese Publikation in der Deutschen Nationalbibliographie; detaillierte bibliographische Daten sind im Internet über http://dnb.ddb.de abrufbar

Vorwort

Ein Freund mit Namen Robert inspirierte mich zu dieser Erzählung. Robert ist Franzose, deshalb verwende ich im Titel des Buches die Lautschrift „Robär". Robert lebt in einer anderen Welt, einer Welt, in der recht wenige Personen unterwegs sind, in der Gut und Böse leicht voneinander zu trennen sind, und in der er eine wichtige Rolle einnimmt.

Die Hauptperson meiner Erzählung, Robär, hat sich rasch von dem real existierenden Robert entfernt. Sie hat eigene Gestalt gewonnen und sich im Laufe der fiktiven Ereignisse ständig weiter entwickelt. Sie wird schließlich mit einer Welt konfrontiert, der ich mich in meinen Fachbüchern nähere: mit der digital geprägten Welt der Zukunft. Dabei werden die Spannungen, die uns in dieser neuen Welt entgegentreten, deutlich.

Mir liegt am Herzen, auf diese denkbaren Entwicklungen auch in erzählerischer Form hinzuweisen. Mir ist bewusst, dass die Entwicklung auch einen anderen Verlauf nehmen kann, vielleicht auch wird. Wenn dieses Buch jedoch Anstoß zur Nachdenklichkeit hierüber gibt, dann könnte ich mich etwas erleichtert zurücklehnen, denn zur Stunde begegnen wir dem Gang der Dinge vergleichsweise sorglos.

1.

‚Namedy', eigentlich hatte er sie Namedy nennen wollen, einfach so als Kosename. Namedy, das klang anders, geheimnisvoll, von weit her – vielleicht von Belgien oder Schweden. Namedy, damit war für ihn auch viel Sonne in einem tiefblauen Himmel verbunden, genauso wie der Mond in einer silberhellen Nacht über einer stillen Waldlichtung mit einem See, aus dem leise weißer Nebel emporsteigt. Namedy, das waren für ihn die Sterne, die freundlichen Begleiter seiner Sehnsüchte. Namedy, das war für ihn grün, ein helles, sanftes Grün, das sich am Horizont mit einem milchig blauen Himmel vereint, die Grenzlinie kaum wahrnehmbar. Namedy, das war auch Sehnsucht, Sehnsucht nach der Welt hinter dem Horizont, dem Leben und dem Sein dahinter. Namedy, das war für ihn auch Kraft, unterirdische, glühende Kraft, die sich in gewaltigen Eruptionen Bahn bricht. Namedy, das war auch das Symbol für einen Aufbruch, für seinen Ausbruch aus seiner Alltäglichkeit, aus diesem lähmenden, grauen Einerlei von morgens bis abends und von abends bis morgens.

Aber sie wollte nicht Namedy genannt werden. Sie war auch keine Namedy – sie hatte nichts von all' dem, was er mit diesem Namen verband.

2.

Zu lange schon war er hier gewesen, hatte diese lähmende Alltäglichkeit ertragen. Nicht nur die Seine, sondern auch die der gesamten Gesellschaft. Dieses In-sich-verliebt-Sein, dieses Auf-sich-Bezogene, dieses sich bei-

jeder Gelegenheit Empörende, die Bereitschaft, zu jedem Anlass mit entfalteten Transparenten zu demonstrieren und dabei zu glauben, damit den Ablass für sein eigenes fehlendes, wirksames und dauerhaftes Engagement geleistet zu haben, ja, das war es eigentlich, was ihn so zermürbte. Jeder sah nur sich selbst im Mittelpunkt und das ausschließlich im Hier und Heute. Aus der Jetzt-Perspektive mussten die persönlichen Lebensumstände jeden Moment ein bisschen besser werden, besser jedoch nicht für andere, sondern erst einmal für sich selbst. Und worauf bezog sich dieses Bessere? Auf die persönlichen Umstände, auf das persönliche Wohlbefinden, auf die persönliche Fitness, auf die persönliche Schönheit – ja, am Ende sogar auf den Traum, unendlich lange jung und attraktiv, kaum sterblich zu sein oder vielleicht sogar unsterblich zu werden. Die Verantwortung für alles, was diesem Wunsch entgegenwirkte, wurde auf andere übertragen. Nehmen, aber nicht geben, wir wollen nicht nur, wir nehmen auch!

Lebensentwürfe, individuelle Lebensentwürfe, gab es zuhauf. Sie folgten den einzelnen Lebensabschnitten, wurden ohne große Gefühlsbindung durchlebt und schließlich gewechselt wie schmutzige Unterwäsche. Manchmal spalteten sie dabei ihre Persönlichkeiten mit Hilfe chemischer Substanzen, die andere, reizvollere Welten erschlossen, als es mit körpereigenen möglich war. Und wieder alles im individuellen Bezug.

Die Werte waren skaliert, und die Skala lautete auf Euro. Letztendlich konnte alles in Geldwert umgewandelt und erworben werden – bis auf das immerwährende jung sein. Aber auch hier konnte man mit Geld Einiges tun.

Und vielleicht, wenn man damit nur lange genug Erfolg hatte, konnte man das Zeitalter, in dem das Wort Tod nicht mehr vorkam, erreichen und sich in die Schar der Unsterblichen einreihen.

Zu lange schon war er hier gewesen. Es war Zeit, aufzubrechen! Aber halt: Wie war es denn mit ihm bestellt? War er nicht auch Teil dieser Gesellschaft, teilte er nicht diese Lebensart? Wenn nicht wissentlich, dann vielleicht unbewusst? Wirkte er daran in seinem Flechtwerk zwischenmenschlicher Beziehungen mit? Was hatte er getan, sich diesem Zeitgeist zu entziehen, und was davon war jenseits dieser Ich-Bezogenheit? Wie viele Lebensentwürfe hatte er schon durchlebt? Waren diese jeweils in sich abgeschlossen oder gab es einen roten Faden, entlang dessen sie sich entwickelt hatten und weiter entwickeln konnten? Oder wurde dieser Faden immer wieder neu und beliebig in die Zukunft gesponnen, ohne Verbindung zur Vergangenheit?

Draußen war es schon finster. Feiner Regen aus einer dichten, schwarzgrauen Wolkendecke schlug sich auf seiner Jacke nieder. Für Dezember war es erstaunlich warm: 14° C. Leise und sorgfältig verschloss er die Haustür, unsicher, ob er jemals zurückkehren würde, aber sicher, dass wenn, er dann ein anderer sein würde, als heute. Lebensentwürfe?

‚Bin dann mal weg‘, hatte er wie ein zeitgenössischer Erfolgsautor auf einen Zettel geschrieben und diesen auf den Couchtisch gelegt. Dürfte kein Problem sein – zumindest nicht für seine Frau. Sie hatte einen in sich geschlossenen, modernen Lebensentwurf, war nicht von ihm abhängig, weder materiell noch emotional.

Tastend fand er das Schloss der Beifahrertür seines Wagens. Hilflos kämpfte die Innenbeleuchtung gegen die Finsternis an. Er zwängte sich über die Mittelkonsole. Mit einem vertrauten Klang schlug die Tür zu. Der Motor sprang ohne Zögern an, und im Anfahren huschten die Scheinwerferstrahlen, vielleicht ein letztes Mal, über das vertraute Gebäude, das ihm so lange ein Zuhause gewesen war.

Er liebte das Fahrgeräusch seines Wagens. Der Wind strich leise und sanft über die Karosserie, die so aerodynamisch gestaltet war, dass kaum lärmende Luftwirbel entstanden. Und auch bei hohen Fahrgeschwindigkeiten hatte man den Eindruck, dass die Luft das Fahrzeug nicht als Störenfried empfand, sondern es eher streichelnd liebkoste. Und dann dieser Dieselmotor! Inzwischen verpönt, aber kraftvoll mit einem leisen aber durchdringenden, kernigen Ton, der, wenn man erst einmal beschleunigte, bemessen aber unüberhörbar anschwoll, während das Fahrzeug rasch an Fahrt gewann. Er fühlte sich so geborgen in diesem Wagen. Hier war er sicher untergebracht und gut aufgehoben! Er war der festen Überzeugung, auch wenn er dies nicht bewusst wissen konnte, dass er genau dieses großartige Gefühl im Leib seiner Mutter gehabt hatte. Diese Umgebung, die so viel Sicherheit gewährt, diese gleichmäßigen und bei aller Dynamik zuverlässig pochenden Geräusche – damals das Herz der Mutter, hier der Motor seines Wagens. Dieser Schutz vor der feindlichen Welt draußen, damals der Leib seiner Mutter, heute das Stahlkleid seines Wagens. War dies der Grund dafür, dass zumindest Männer Fahrzeuge so sehr liebten?

3.

Auf offener Strecke eine Ampel. Geräuschlos, beinahe gespenstisch springt die Anzeige auf Rot. Er könnte nun den Motor abstellen. Es ist ja nicht mehr so, wie in seiner Jugend. Damals konnte man nicht sicher sein, dass er erneut ansprang. Möglicherweise hatte die 6-Volt-Batterie gerade den Geist aufgegeben, war Kondenswasser in den Verteiler eingedrungen, stimmte das Gemisch nicht oder was auch sonst. Nein, heute sprangen Motoren immer an, gleich ob 20 Grad minus oder 40 Grad plus herrschten. Wie heute generell alles 100-prozentig funktionierte. Die heutige Generation war überhaupt nicht mehr in der Lage, mit etwas, das nicht perfekt war, umzugehen. Ein solches Gerät wäre schon lange umgetauscht. Dieser Anspruch an Perfektion war auch etwas, was ihn störte. Beispielsweise diese Baumaßnahme, derentwegen er nun in finsterer Nacht vor der Ampel wartete. Eine Fahrbahnerneuerung mit begleitendem Radwegeausbau in einem engen Tal. Da musste erst einmal seitlich der Berg zurückgenommen werden, denn alle Standards waren einzuhalten: Breite, Gefälle, passive Sicherheitseinrichtungen wie Markierungen, Katzenaugen, Leitplanken und unterhalb dieser steilen Böschungsanschnitte: Fangzäune für sich lösende Steine. Und so drängte sich alles auf engstem Raum: die Bahnlinie, der Bach, der Radweg, die Straße, der Fangzaun und jenseits der Gleise noch der Waldweg. Wie eine Maginotlinie durchschnitten diese Bauwerke den Wald, ermöglichten den Menschen auf Kosten der Natur und vor allem der Tiere eine hohe und sichere Mobilität. Wie lange würde es noch einen solchen Wahnsinn geben? Das Beste an

11

diesem Projekt war ja, dass die Radfahrer, derentwegen
dieser Aufwand hauptsächlich betrieben wurde, Rad-
wege mieden wie die Pest. Sie zogen es doch vor, in ihren farbigen Nonkonformistenuniformen paarweise
oder zu dritt nebeneinander zu fahren und den nachfol-
genden Verkehr auf ihre in ihren Augen unerhört bewundernswert hohe Reisegeschwindigkeit einzubremsen
oder zu riskanten Überholmanövern zu nötigen, um letztere dann ungerührt mit grober Gestik zu kommentie-
ren. Und sie taten dies, weil in dieser Zeit jeder Einzelne
für sich in Anspruch nahm, das Maß aller Dinge zu sein.

Nein, den Motor ließ er laufen, weil er Angst hatte.
Angst, dass jemand die Tür aufreißen und ihm Leid zufü-
gen könnte. So konnte er nämlich schnell anfahren und
sich damit dem Angriff entziehen. Eigentlich konnte er
aber auch die Verriegelung betätigen. Mit einem hörba-
ren „Klack" verriegelten sich die Türen. Sogleich war ihm
wohler. Es lag doch auf der Hand, dass sich Gewalttäter
nachts genau an dieser Stelle versteckten und bei sich
bietender Gelegenheit zuschlugen: Die Tür aufreißen,
dem vor Schreck gelähmten Opfer ein Messer an den
Hals halten, die Übergabe der Wertgegenstände erzwin-
gen und dann in die dunkle Nacht verschwinden. Ja, es
war richtig gewesen, die Tür zu verriegeln. Wenn er aus
irgendeinem Grund den Wagen schnell verlassen
musste, konnte er sie ja leicht mit dem Türgriff öffnen.

Aber waren die verriegelten Türen wirklich ein wirksamer Schutz? Wenn nun der Angreifer mit einem Ham-
mer die Scheibe einschlug und ihn dabei, diesen als
Waffe gebrauchend, auch noch erheblich verletzte, was
dann? War es vielleicht nicht doch besser, die Tür nicht

zu verriegeln und im Zweifel quasi freiwillig irgendetwas herzugeben, um den Räuber zu befrieden?

Die Ampel sprang auf grün, und verwirrt über seine Gedanken fuhr er mit verriegelten Türen weiter.

4.

Keine 50 Meter war er gefahren und schon gleich war ihm dieses Licht aufgefallen, welches einfach nicht hier her gehörte. Und jetzt wusste er, woher es kam: Von einem LKW, der ihm entgegenfuhr, obwohl die Straße für LKW gesperrt war. Entgegen kam, obwohl bei ihm die Ampel auf Grün gesprungen war und er erst dann und nicht etwa bei Rot losgefahren war. Auch war die Umschaltphase sehr lang! Wieso konnte ihm dieses Fahrzeug jetzt entgegenkommen? Es war einfach weiter gefahren – in diesem Wort steckte der Begriff Gefahr. Fahren, Fährnis, Gefahr – ja, es war gefährlich, zu fahren, deshalb hieß diese Tätigkeit ja wohl auch fahren.

Abrupt blieben die beiden Fahrzeuge voreinander stehen. Obwohl von den starken Fahrscheinwerfern geblendet hatte er das Kennzeichen erkennen können. Der Lastzug kam von weit her. Ein Mautumfahrer vermutlich. Wie er die hasste! Um wenige Euro zu sparen fuhren diese modernen Kutscher trotz Sperrung mitten in der Nacht durch dieses enge Tal mit seinen langen, schmalen Straßendörfern, in denen Tausende von Menschen ihre Nachtruhe suchten. Kein Mitgefühlt, kein Verständnis, keine Rücksichtnahme – das war ihm dann doch zu viel. Er stieg, seine Ängstlichkeit überwindend, aus, stürmte zur Fahrertür des LKW, und herrschte den

Fahrer an, sofort zur Seite auszuweichen und sich kein weiteres Mal zu trauen, aus der missbräuchlichen Nutzung dieser Straße einen geldwerten Vorteil zu ziehen.

„Wer bist du, hast du hier überhaupt etwas zu sagen?", entgegnete der so Angesprochene in aller Ruhe. „Willst du mich bei den Bullen verpfeifen, du Spießer? Die paar Euro zahle ich gerne – ist dann immer noch ein Geschäft! Und jetzt fahr' deine Karre zur Seite, sonst schiebe ich sie in den Graben!" Und um seinen Worten Nachdruck zu verleihen, zog er einen Totschläger aus der Seitentasche der Fahrertür und holte zum Schlag aus. Rasch wich er der Gewalt.

5.

Weihnachtlich glänzet der Wald! Diese Liedzeile ging ihm durch den Kopf, als er die Weihnachtsbeleuchtung in der Großstadt sah. Um die Kirche und auf dem Marktplatz gruppierten sich unzählige Verkaufsstände. Die meisten hatten schon geschlossen und trotzdem standen noch einige Menschen beisammen und wärmten sich an einer Tasse Glühwein. Weihnachten – ein gigantisches Geschäft. Schon im Oktober füllten sich die Ladenregale mit weihnachtstypischen Waren – Lebkuchen, Nikoläuse, Zimtsterne, ... – fehlte nur noch die angloamerikanische Musikberieselung, die jedoch regelmäßig wie das Amen in der Kirche bald dazu geschaltet wurde, nicht zu laut und nicht zu leise, nicht zu fröhlich und nicht zu melancholisch, halt so, wie die Marktforscher sie eben empfehlen. Ja, und ab dann eine gigantische Inszenierung, in deren Mittelpunkt das Hervorrufen von

Weihnachtswünschen und gleich das passende Geschenk dazu stand. Und damit das Geld noch leichter sitzt, kann man auch den Wunsch wecken, sich selbst zu beschenken. Ist geradezu ein Zukunftsmarkt bei den vielen Singles, die es heute umtreibt. Immer bunter und greller wird die Szene, hat sich längst von ihrer eigentlichen Bedeutung gelöst. Warum findet das statt? Weil bald der 24. Dezember ist. Ja und was ist am 24. Dezember? Da muss man nicht arbeiten und hat noch weitere zwei Tage frei! Der Kern der Inszenierung ging auf dem Weg nach heute verloren. Und was wurde bis heute nicht alles inszeniert? Das Ozonloch, die Vogelgrippe, die Schweinegrippe, Corona, der Klimawandel – und bald wieder vergessen, vergessen hinter den Kulissen einer neuen Inszenierung. Und die Kulissenschieber? Sie kommen und gehen und es sind dem Grunde nach immer dieselben: Kaufleute, Medienvertreter und Mandatsträger auf der Jagd nach den unerschöpflichen Pfründen in den Sehnsuchtslandschaften der Menschen.

‚Eigentlich‘, dachte er, ‚sollte man die kirchlichen Feiertage säkularisieren oder nur denen gönnen, die dem dahinter liegenden Glauben noch verbunden sind.‘

6.

Der Motor summte leise und zuverlässig. Er näherte sich der französischen Grenze. Die Grenze! Was war das früher für eine Aufregung, wenn die Grenze passiert wurde. Gerade sitzen, nicht sprechen, nicht auffällig dreinschauen, Ausweise vorzeigen, eventuell Kofferraum und Koffer öffnen, und dann endlich doch weiterfahren. Und heute? Verlassene Barracken, kurze Geschwindigkeitsbegrenzung – warum? – und dann weiter! Aber abfahren vor St. Avold. Warum? Weil bei den ersten Besuchen in Frankreich hier noch keine Autobahn war und deshalb ab da Landstraße gefahren wurde. Abgefahren in diese lothringischen Dörfer mit ihren Stromleitungen über den Dächern, ihren schmuddeligen Fassaden, ihren verwahrlosten Bürgersteigen und ihrer Ausgestorbenheit – keine Menschenseele auf der Straße. Die Reklametafeln, die so anders waren, als zu Hause, mit ihren kräftigen Blau- und Rottönen, vielleicht der Trikolore nachempfunden. Sie brachten einfach eine andere Einstellung, eine andere Haltung zum Ausdruck. Kälter irgendwie, greller, übergangsloser – immer hatte er sich gefragt, was eigentlich diesen fremden Ausdruck ausmachte. Erklären konnte er es sich bisher nicht. Aber heute stellte er auch fest, dass hier etwas verschmolz, so gegensätzlich Empfundenes sich annäherte, und er in dem einstmals Fremden auch aus seiner Heimat Vertrautes entdecken konnte.

Und dunkel waren diese Ortschaften bei Nacht. Nur wenige Lichtpunkte im Zentrum, ansonsten alle Laternen gelöscht. Vielleicht ein Überbleibsel der vielen Kriege, denen dieses Land ausgesetzt war, eine Reminiszenz an die Zeit, als es besser war, sich zu verstecken, nicht aufzufallen? Vielleicht ein Zugeständnis an die leere Gemeindekasse? Oder gelebte Verantwortung im Umgang mit knappen Ressourcen?

Und da sah er auch die Sandsteinwand auf der linken Seite gleich hinter der Autobahnbrücke vor Hombourg. Diese wunderbare, zart rötliche Wand mit ihren gelben

Bändern. Nur schemenhaft und doch deutlich konnte er sie im Scheinwerferlicht wahrnehmen. Sandstein – ein Gestein, mit dem die Menschen seiner Heimat sehr verbunden waren. Als Baumaterial nicht immer unproblematisch, charakterisierte es doch viele herrliche und auch berühmte Bauwerke. Aber nicht nur das: Ungezählte natürliche und künstliche Höhlen gaben Zeugnis davon, dass sich Menschen in Notzeiten diesem Gestein anvertraut hatten, sich in es eingruben und darin Schutz vor Natur- und Menschengewalten fanden. Die großartigen Schlossberghöhlen in Homburg traten vor seine Augen. Tausende von Menschen hatten sich immer wieder und nicht vergebens dorthin gerettet.

Der Fels, so hart und doch so zärtlich zu den Menschen. Wie gerne würde er selbst einmal in einen solchen Stein eindringen. In der körperlichen Auseinandersetzung mit ihm wachsen, sich verbinden, sich befreunden. Weiche Stellen entdecken und für sein Vorhaben ausnutzen, genauso, wie harte meiden und aus ihnen ein Stützgefüge entwickeln, Klüfte erkunden, Wellenformationen bestaunen, die Meer und Wind vor Jahrmillionen gebildet hatten oder einfach auch einmal in der Geborgenheit des Berges träumen. Träumen von einer anderen Welt, einfach einer anderen. Aber woher einen solchen Felsen nehmen, woher die Genehmigung, graben zu dürfen, woher das Wissen, alle Vorschriften zu beachten? Nein, das konnte er vergessen. Die Zeiten, als man sich aus eigenem Antrieb in einen Berg eingraben konnte, waren schon lange und vermutlich unwiederbringlich vorbei.

Bald lag Verdun hinter ihm. In den Tälern wogte zäh ein Nebelmeer, das vom inzwischen sichtbaren Vollmond gespenstig erhellt wurde. Immer noch summte der Motor Ruhe ausstrahlend, während der Mondschein durch das linke Seitenfenster fiel. Seine Empfindung zu diesem Licht schwankte zwischen zugewandt und kühl distanziert. Als Kind hatte er vor allem den Vollmond als freundlichen Begleiter empfunden. Immer wieder hatte ihn erstaunt, wie der Erdentrabant ihr Fahrzeug begleitete, wenn er mit seinen Eltern nachts unterwegs war. Einmal hatte er seinen Vater gefragt, ob der Mond auch andere Fahrzeuge wie sie begleiten würde. Eine schlichte Bestätigung hatte im genügt, um einfach über diesen Umstand staunen zu können. Warum das so war, hatte ihn nicht wirklich interessiert – es hätte nur die freundliche Verbindung gestört.

Sein Vater war schon lange tot. Sie hatten sich nie tiefer ausgesprochen, kein Vater-Sohn-Gespräch geführt, wie man es tun sollte, bevor man seinen Sohn ins Leben entlässt. Und noch weniger hatten sie über die dunkle Zeit des zweiten Weltkrieges und der französischen Gefangenschaft gesprochen. Erst kürzlich hatte er bei seinen Nachforschungen herausgefunden, dass eine entscheidende Station im Leben seines Vaters in Lachalade gewesen war. Und diesen Ort wollte er wenigstens einmal selbst gesehen haben.

Auf dem Weg nach Les Islettes hatte er den Eindruck, dass sich das freundliche Mondlicht wandelte. Es wurde kühler, distanzierter, schwerer, bleierner. Der Mond verlor zunehmend an Helligkeit. Auch die Temperatur war drastisch gesunken.

‚Wie ärgerlich, da zieht wohl ein Regengebiet auf‘, dachte er, während er die Nationalstraße Richtung

Lachalade verlies. Er durchfuhr ein flaches, offenes Tal, das sicher am Tag hell und freundlich war. Jetzt jedoch breitete sich Finsternis aus. Das Abblendlicht seines Wagens verlor sich diffus im Nebel, der zusehends dichter wurde. Hatte er bis eben noch andeutungsweise die Mondscheibe wahrnehmen können, so war sie nun nicht mehr auszumachen. Nahezu im Schritttempo steuerte er sein Fahrzeug auf der schmalen Straße weiter, die in seiner Heimat üblichen Katzenaugen an den Straßenrändern vermissend. Die Häuser der Ortschaften, die er durchfuhr, ahnte er mehr, denn dass er sie wahrnahm. Nach langen, bangen Minuten, während derer er schon befürchtet hatte, sich verfahren zu haben, kam ihm das Ortsschild schemenhaft entgegen: Lachalade. Und gleich hinter dem Ortseingang konnte er linker Hand die Umrisse der alten Zisterzienserabtei erahnen. Auf dem kleinen Parkplatz vor deren Fassade stellte er seinen Wagen ab. Das Motorgeräusch erstarb, die Lichter erloschen und neben der vollkommenen Finsternis griff eine mächtige Stille Raum.

Er öffnete die Wagentür, stieg aus und wandte sich dem naheliegenden Friedhof zu. Die Pforte machte mit einem kreischenden Geräusch auf den Eindringling aufmerksam. Wie ein ertappter Dieb sah er sich um – keine wahrnehmbare Reaktion – schlich über das Gräberfeld und nahm auf einer alten Bank mit blättrigem Lack Platz. Er war müde, müde von der langen Reise, müde von seinem bisherigen Leben, müde von seiner entsinnten Tätigkeit im Büro, müde von der stumpfsinnigen Alltäglichkeit seines privaten Lebens. Es dauerte nicht lange, so fiel er trotz der Kälte, die spürbar in seine Kleider kroch, in einen Dämmerschlaf. Im Halbschlaf sah er, wie Bewegung in den zähen Nebelbrei kam. Er erkannte ausgemergelte Gestalten, die lautlos von den bewaldeten Höhen kamen. Geräuschlos zogen sie heran, eine schmaler als die andere, die Augen mit großen schwarzen Rändern und tief in die Höhlen eingesunken. Die Blicke so traurig starr, voller Verbitterung und großer Hoffnungslosigkeit – einer Hoffnungslosigkeit, die weiter zu reichen schien, als es ihre derzeitige Situation abverlangte. Sie wehten zu ihm heran, umtanzten ihn auf seiner Bank und sangen lautlos:

‚Die Toten sind nicht weit,
Sind wie in einem Zimmer nebenan,
Sei empfindsam und bereit,
Nimm' ihre leise Botschaft an!'

Verwundert rieb er sich die Augen und darob verflüchtigten sich die Erscheinungen. Große Sehnsucht nach einem Wiedersehen, nach ihrer Rückkehr, erwachte in ihm und an der Nahtstelle zwischen den Welten nahmen sie ihren Tanz erneut auf.

‚Wir sind Erinnyen, nicht mehr die, die du aus der Schule kennst. Nein, Tisiphone, Allekto und Megaira sind nicht mehr unter uns. Wir rächen nicht mehr die erschlagenen Seelen wie seinerzeit in den Tiefen der griechischen Mythologie. Wir sind deine Erinnerungen, deine Erinnerungen an die Toten, an deine Toten. Wir zählen zu Myriaden und je näher wir deinem Leben sind, umso deutlicher kannst du uns erahnen. Wir hier sind die verlorene Generation deiner Eltern. Wir wurden unserer Jugend beraubt, verbrachten sie bei Geländespielen, bei Aufmärschen, auf Parteitagen, später in Schützengräben, im

Kugelhagel, zwischen Granateinschlägen und in brennenden Städten, schlimmer als Sodom und Gomorrha. Nicht mehr geleitet von Dichtern und Denkern, sondern von einfältigen und bösartigen Tyrannen. Seither treibt uns unser Gewissen um, wir schwanken zwischen Rechtfertigung und Reue. Beides will uns nicht so recht gelingen. Die Rechtfertigung schmeckt so schal und die Reue trifft uns zu hart, sie tut so weh. Wir waren doch so jung.

Wir sind die verlorene Generation, die Generation, die nicht mehr träumen kann. Wir haben das Recht der Jugend gelebt und geträumt. Es waren falsche Träume. Träume, die auch hier an diesem Ort zum Albtraum wurden. Alles was man uns zum Vorwurf machte, fügte man uns nun selber zu. Ein ganzer Kontinent stürzte in die alttestamentarische Zeit. Auge um Augen, Zahn um Zahn und mehr noch.

Wir sind die verlorene Generation, die, die ihren Kindern nichts zu bieten hatte. Nicht einmal Träume. Ja, wir konnten nicht einmal mit unseren Kindern träumen. Kein Traum von einer glücklichen Zukunft, von Sicherheit, Geborgenheit und kleinem Glück. Im Nebel unserer Traumlosigkeit erkennen wir nicht einmal mehr unsere Herkunft, fallen entwurzelt unserer Zukunft entgegen. Müssten doch gerade heute fest verankert sein, heute, wo sich so viele Welten auftun, digitale Welten, digitale reale und digitale virtuelle. Wie sich darin bewegen, wenn man nicht weiß, woher man kommt, wo die eigenen Wurzeln und wie fest sie verankert sind.'

Wie vom Wind getrieben kreisen die filigranen Gebilde um die Abtei, um ihn selbst, um seine Gedanken und wieder hinaus. Langsam erwachte er und bemühte sich, sie nicht zu vertreiben. Mehr Zeit wollte er mit ihnen teilen, teilhaben an ihrer Welt.

Die Nacht war so finster, wie er es noch nie erlebt hatte. Vielleicht war es gerade diese Finsternis, die ihm den Blick auf diese hauchfeinen Wesen erst ermöglichte.

Erneut brausten sie auf ihn zu, und in ihren Augen glühte dieses Mal eine Sehnsucht. Ihrem monotonen, stummen Gesang entnahm er den Wunsch: ‚Begleite uns ans Ende dieser Welt, teile unser Leid, verantworte uns.'

Das Ende der Welt – wo ist das Ende der Welt? Wo hört sie auf und was fängt dort an? Ist das Ende der Welt nicht überall und beginnt sie nicht gleich daneben erneut? Liegt das Ende der Welt etwa tief in uns verborgen, genauso wie ihr Beginn? Berühren sich nicht stets Anfang und Ende oder sind es Ende und Anfang?

Behutsam ging er zu seinem Wagen zurück. Diesmal stieg er lautlos über die Eingangspforte. Er wollte niemanden mehr erschrecken, schon gar nicht diese flüchtigen Wesen, die ihm folgten. Leise öffnete er die Fahrzeugtür, stieg ein und schloss sie nahezu unhörbar. Im Rückspiegel und in den Außenspiegeln sah er sie, erwartungsvoll, voller sehnsüchtiger Hoffnung. Als er zögerte, den Motor zu starten, setzten sie sich in Bewegung. Er folgte ihnen, zuerst langsam dann immer schneller. Wie die wilde Jagd flogen sie über die verlassenen Straßen dahin, vorbei an schemenhaft mächtigen Alleebäumen, durch unbeleuchtete Orte, dunkle Städte, dichten Nebel und finstere Landschaften. Er folgte ihnen blind vertrauend. Keine Menschenseele begegnete ihnen, nur manchmal leuchtete Blaulicht in der Ferne auf, unveränderlich beunruhigend rotierend und schon vorbei.

7.

Der Haustürschlüssel hatte immer auf dem obersten Brett im Windfang des kleinen Häuschens, das einmal der Sitz der Flugaufsicht über den kleinen, angrenzenden Flugplatz gewesen war, gelegen - und auch heute lag er noch dort. Erschöpft von der rasenden Fahrt über schmale Nebenstraßen und beunruhigt von den Blaulichtern, die immer häufiger in der Ferne, vermutlich in größeren Orten, zu sehen gewesen waren, war er froh, endlich hier angekommen zu sein. Beim Blick zurück zu seinem Wagen sah er in glühende, erwartungsvolle und ungeduldige Augen.

‚Wir wollen zum Ende der Welt!', ahnte er ihre Gedanken und wandte sich müde ab. Er öffnete die Tür und trat ein. Sofort umgab ihn der altbekannte, modrige Geruch.

‚Verlassene Häuser riechen überall gleich', dachte er und sank auf die durchgesessene Couch im ehemaligen Wohnzimmer.

„Hoffentlich kommt bald der Morgen und es wird hell!", murmelte er, „Ich kann diese Dunkelheit nicht mehr ertragen!"

„So schnell wird es nicht wieder hell!", kam eine unerwartete Antwort aus der Ecke des Raumes ihm gegenüber. „Du hast Glück, dass ich dich nicht erschossen habe!"

Erschrocken fuhr er auf. „Wer spricht da?", hörte er sich
fragen.

„Ich bin's, Robert!", kam die Antwort, nun aus unmittelbarer Nähe. „Ich habe dein Kennzeichen durch das Fenster erkannt, war mir aber nicht ganz sicher, ob das nicht
eine neue Falle für mich war."

„Mein Gott, was machst du denn hier in dieser fürchterlichen Nacht in diesem verlassenen Haus?" Bei diesen
Worten tastete er nach dem Lichtschalter neben dem
Durchgang und legte ihn um. Ohne Erfolg, es blieb dunkel.

„Es gibt keinen Strom mehr!", flüsterte Robert. „Sie haben den Ausnahmezustand verhängt. Sie sagen, ein
mächtiger Vulkan sei ausgebrochen, dessen Aschewolke
auf unbestimmte Zeit den Himmel verdunkele. Ich
wusste schon lange, dass das so kommen würde. Meine
Leute beim US Geological Survey haben mir von einer
Unzahl von Mikrobeben beim Yellowstone berichtet. Das
ist der zurzeit gefährlichste Vulkan der Erde. Seine
Plume war nur wenige Kilometer unter der Erdoberfläche. Und vor einigen Tagen ging er dann hoch. Ich habe
für diesen Fall vorgesorgt, obwohl ich schon seit Mona-
ten auf der Flucht bin. Sie sind hinter mir her, wollen mir
mein Geld abnehmen und mich liquidieren!"

„Wer will das?", fragte er beunruhigt.

„Sie! Ich weiß nicht, wer dahinter steckt. Ich spüre nur,
dass sie mir auf den Fersen sind, egal, wohin ich gehe.
Aber Robert ist nicht blöd. Ihr könnt alle über ihn lachen,
ihr könnt ihn verspotten, aber über den Tisch ziehen
könnt ihr ihn nicht! Ich habe im tiefsten Netz, von dem

du nicht einmal etwas ahnst, alles auf eine Karte gesetzt, gezockt, sehr hoch, verstehst du? Ich habe sehr hoch gewonnen, sehr hoch! Dabei sind einige ärmer geworden, und das verkraften sie jetzt nicht. Nun sind sie hinter Robert her, aber Robert ist bereit. Robert hat gute Verbindungen, beste Verbindungen, hierhin, dorthin, überall hin. Muss nur aufpassen, dass er nicht müde wird, im Schlaf überrumpelt wird. Komm' mit, ich zeige dir etwas!"

Zögernd folgte er Robert zur Haustür, die dieser leise und vorsichtig öffnete. Sie starrten in eine absolute Finsternis. Robert schaltete eine kleine Taschenlampe mit abgeblendetem Lichtstrahl ein. Mit nach hinten unten gestreckter flacher Hand signalisierte er ihm, zu warten. Ob er auch die Erinnyen sah, die den Wagen unruhig umkreisten? Offensichtlich nicht. Leise zog er ihn am Ärmel und führte ihn, aufmerksam sichernd, um das Haus.

„Hier steht mein Wagen!", flüsterte Robert, und nun nahm auch er die Umrisse eines mächtigen Geländewagens wahr. „Mit diesem Fahrzeug bin ich allen anderen überlegen. 360 KW, 4,8 Liter Hubraum, 700 Nm Drehmoment, in weniger als 5 Sekunden von Null auf 100 Kilometer pro Stunde – das reicht! Und im Gelände ist er unübertroffen! Allrad, Traktionskontrolle, alles, was man sich wünschen kann. Ich bin immer nachts unterwegs. Der Wagen ist schwarz, man sieht ihn kaum, und jetzt bei dieser Finsternis schon gar nicht. Zur Sicherheit schlafe ich trotzdem nie zweimal am gleichen Ort!"

Behutsam öffnete er die Heckklappe und leuchtete in den Gepäckraum.

„Siehst du diesen Koffer?", fragte er und zielte mit der Taschenlampe auf einen mit Stahlseilen und Zahlenschloss gesicherten Alukoffer. „Da drinnen ist mein ganzes Vermögen. 25 Millionen Euro! Das ist wohl einen kleinen Auftragsmord wert, oder?", murmelte er. „Aber nicht mit Robert! Über den könnt ihr lachen und Witze machen, aber über den Tisch ziehen lässt der sich nicht! Robert ist nicht blöd!! Komm' mit!", fuhr er fort und öffnete die Fahrertür. „Hier in der Seitentasche habe ich einen Dolch. Die Blutrille habe ich selbst eingeschliffen. Wenn er von links kommt, ist er tot. In der anderen Tür gegenüber habe ich einen zweiten, auch mit einer Blutrille. Und wenn er es doch in den Wagen schaffen sollte, dann liegt in der Mittelkonsole ein Totschläger und ,Tschak' ist er fertig. Und die", und dabei hielt er eine Pistole in den schwachen Lichtkegel, „habe ich sowieso immer griffbereit!"

Leise verschloss er das Fahrzeug und machte sich auf den Rückweg.

„Hier sind wir nicht mehr lange sicher, wir müssen bald aufbrechen. Es wird nicht einfach werden, denn viele Straßen sind gesperrt, in den Städten wird geplündert, vergewaltigt und gemordet, und Treibstoff ist rationiert. Aber Robert hat genug Diesel für einmal quer durch Europa und er kennt alle geheimen Wege dieser Welt. Ihr könnt über ihn lachen, aber blöd ist er nicht. Diese Nacht können wir noch sechs Stunden hier schlafen. Du übernimmst die erste und dritte Wache, ich die zweite, dann hauen wir ab!"

„Aber wohin denn?"

„Du stellst Fragen!", wunderte er sich, „Natürlich ans Ende der Welt! Dort kann er nur noch aus einer Richtung kommen, und dann geht es Mann gegen Mann, und nur für einen von uns ist Platz auf dieser Erde!"

8.

Er stand im Windfang des alten, beinahe baufälligen Hauses und erinnerte sich lebhaft an seine Zeit als Soldat. Oft hatte er Wache gestanden – und gerne. Wachen für andere, wachen, wenn andere in Gefahr sind, da sein, wenn man gebraucht wird. Aber auch immer unterwegs mit der Sorge, etwas zu übersehen, zu überhören, zu spät zu kommen. Ein leises Lächeln glitt über sein Gesicht, er fühlte sich um Jahre jünger. Robert hatte ihm seine Taschenlampe anvertraut, und sie lag nun kühl und schwer in seiner Hand. Er verzichtete darauf, sie einzuschalten, denn dadurch hätte er nur seinen Standort verraten. Im Gegenzug strengte er sein Gehör an und lauschte angespannt in die finstere Nacht. Dabei fiel ihm erstmals diese ungeheure Stille auf. Die Welt war wie in Watte gepackt. Kein Flugzeug, kein Verkehrslärm, kein Fernsehen oder Radio, nichts. Ob tatsächlich ein Vulkanausbruch stattgefunden hatte? Plötzlich wurde ihm klar, dass ein solches Ereignis bisher außerhalb seines Vorstellungsvermögens gelegen hatte, und er sich nur schwer in diese Situation hineindenken konnte.

Als er seinen Blick in die Richtung lenkte, in der er sein Fahrzeug vermutete, sah er sie wieder, seine Erinnyen! Unruhig umkreisten sie den Wagen, bereit zum jähen Aufbruch, mit der Bitte auf den blutleeren Lippen: ‚Lass'

uns zum Ende der Welt aufbrechen, dort wollen wir uns
neu orientieren, unsere Verantwortung übernehmen
und Klarheit gewinnen!'

9.

„Du kannst dich jetzt schlafen legen!" Mit diesen Worten
entriss ihn Robert seinen Visionen. Unhörbar hatte er
sich genähert. Ihn schauderte vor diesem Mann, früher
ein guter Freund, der heute offensichtlich in einer gänz-
lich anderen Welt lebte.

„Wenn die Asche tiefer sinkt, werden wir Atemprobleme
bekommen. Aber keine Sorge! Robert hat auch für diesen Fall vorgesorgt. In seinem Wagen hat er Atemschutz-
masken für mehrere Tage. Er muss ja jederzeit auch mit
einem Gasangriff rechnen. Die schrecken ja vor nichts
zurück. Aber Robert ist nicht blöd, auch wenn die anderen das denken!"

Im schwachen Schein der Taschenlampe sah er, dass
Roberts Hemd über dem Hosengürtel seltsam fleckig
war. Robert nahm offensichtlich diesen Blick wahr und
erklärte: „Ich war sehr schwer krank. Dickdarm, du verstehst? Ich hatte die besten Ärzte der Welt. Robert ist
nicht irgendwer! Er hat Beziehungen, hierhin, dorthin,
überall hin. Aber auch die haben es nicht besser ge-
konnt. Ich kann damit leben. Gesundheit ist nicht das
Wichtigste. Das sind arme Menschen, die das sagen.
Was ist gesund? Wenn dich dein Arzt fragt, wann du
deine letzte Darmspiegelung hattest, und du antwortest,
dass du dich noch keiner unterzogen hast, weil bei dir
einfach alles okay ist, dann wird er vielleicht sagen:

‚Wenn man etwas spürt, dann ist es möglicherweise schon sehr spät und denken sie doch einmal nach: War da überhaupt nie etwas, ein kurzer Schmerz, ein leichtes Ziehen oder sonst etwas Ungewöhnliches?' Und ab da bist du nicht mehr so gesund wie vorher, obwohl sich nichts geändert hat! Nichts? Nein, in deinem Kopf hat sich schon etwas geändert! Und deshalb ist das Wichtigste, dass man mit seiner Krankheit umzugehen lernt. Denn auch wenn du krank bist, hält das Leben schöne Augenblicke für dich bereit. Die nimmst du aber dann nicht wahr, wenn nur die Gesundheit das Wichtigste für dich ist. Robert ...", mitten im Satz brach er ab und lauschte angestrengt in die Finsternis. Er zog ihn leise zu seinem Wagen, öffnete lautlos die Fahrertür, gab ihm zu verstehen, über den Fahrersitz auf den Beifahrersitz zu steigen. Bewundernswert geschmeidig und leise stieg auch er ein und schloss die Tür. Hinter der Gartenhecke, die an der Stelle, an der das Fahrzeug stand, eine schmale Lücke bot, näherte sich rasend schnell rotierendes Blaulicht. Robert startete den Wagen, kaltes Licht spaltete bläulich grell die Finsternis. Sie durchbrachen die Hecke Richtung Nationalstraße. Der Wagen mit Blaulicht kam heftig ins Schleudern, glitt in den Straßengraben und stoppte abrupt mit einem dumpfen Schlag an einer kleinen Überfahrt in die Feldflur. Dampfschwaden stiegen auf, stroboskopartig durchzuckt von dem noch rotierenden blauen Lichtstrahl. Während er die Szene ungläubig anstarrte, wurde er mächtig in den Sitz gedrückt.

„Wieder nicht, mein Herr!", brüllte Robert durch das offene Fenster. „Ich habe 4,8 Liter Hubraum, 360 Kilowatt

Leistung, 700 Nm Drehmoment zwischen 2500 und 4500 Umdrehungen pro Minute und bin in 4,8 Sekunden auf 100 Kilometern pro Stunde!" Und zu ihm gewandt fuhr er in ruhigem Ton fort: „Weißt du, die versuchen mit allen Tricks, mich zu überraschen. Heute hatte er sich als Polizist getarnt und wollte mich überrumpeln, morgen kommt er vielleicht als Pfarrer verkleidet! Schade um dein Auto. Das werden sie jetzt unter die Lupe nehmen. Gott sei Dank habe ich deine Sachen umgeladen, sie werden nichts Weltbewegendes mehr finden. Mach' dir keine Sorgen wegen des Wagens, du kannst ja mit mir weiterfahren, es gibt noch viel zu tun."

Beim Blick aus dem Fenster sah er, wie ihnen seine Erinnyen folgten und war überrascht, dass ihn das etwas beruhigte.

10.

Diese andauernde Nacht und diese Stille! Nur das Brummen des mächtigen Motors war zu hören. Es strahlte Zuverlässigkeit aus und bildete einen wirksamen Gegenpol zu den äußeren Ereignissen. Eigentlich musste es schon lange hell sein. Die Sonne musste, auch wenn es Dezember war, die Erde schon ein wenig erwärmt haben, die Wälder im Wind rauschen, der Verkehrslärm aufbranden. Aber nichts dergleichen! Lediglich ein leichter Nordostwind, ein Wind aus einer Richtung, die sehr ungewöhnlich war. Wie sollte das weiter gehen? War dies das Ende der Menschheit? Was würde in dieser Finsternis überhaupt noch wachsen? Wie weit reichte sie überhaupt? Über die gesamte Erde, über Europa oder nur

Westeuropa? Welche Auswirkungen würde sie auf Temperatur und Niederschlag haben? Wie lange war die Versorgung mit Nahrung und Energie sichergestellt? Wurden die Ordnungskräfte der von Robert geschilderten Gefahrenlage gerecht? Was würde passieren, wenn die Asche in Bodennähe käme? Konnte man dann überhaupt noch atmen?

„Du musst dir keine Sorgen machen!", durchbrach Robert seine Gedanken. „Ich habe an alles gedacht! Als ich über meine Verbindungsleute erfuhr, dass der Vulkan ausbrechen würde, habe ich alles zum Überleben Erforderliche angeschafft. Du warst immer nett zu mir, hast mich immer ernst genommen und versucht, mich zu verstehen, obwohl das auch dir nicht jedes Mal gelungen ist. Deshalb halte ich nun meine Hand über dich. Die anderen sollen sehen, wo sie bleiben. Niemand lacht ungestraft über Robert!"

„Wohin fahren wir?", fragte er.

„Nach Westen zum Ende der Welt! Nur dort kann ich endgültig über ihn siegen und meine Ruhe finden. Dort kann er nur noch aus einer Richtung kommen, und seine Möglichkeiten werden eingeschränkt sein. Dann geht es Mann gegen Mann. Auf diesem Planeten ist nur Platz für einen von uns. Er ist 25 und ich 62. Ein ungleicher Kampf, aber Robert hat immer noch etwas Besonderes auf Lager, Robert ist nicht blöd!"

Auf dem Display am Armaturenbrett leuchtete eine Warnung auf. Besorgt schaute er zu Robert. Der winkte ab. „In der Zeit, als die Deutschen noch gut waren, habe ich als E-Techniker bei Grundig gearbeitet. Robert war einer der Besten und hat drei Mal eine Auszeichnung als bester Mitarbeiter erhalten. Mach' dir keine Sorgen, das kriegen wir wieder hin!"

Nach einer Stunde des Messens, Schraubens und Lötens, während der er wiederum auftragsgemäß das Fahrzeug gesichert hatte, gab Robert das erlösende und zugleich beunruhigende Signal zur Weiterfahrt.

Während seiner Wache hatte er sie wieder deutlich wahrgenommen – seine Erinnyen. Lautlos hatten sie ihn umkreist und schließlich einen gedrängten und bedrängenden Kreis um ihn gebildet.

,Auch wir müssen zum Ende der Welt!', hatte er in ihren Augen gelesen. *,Nur dort können wir unser Tun endgültig einordnen, können zurück finden zu uns und unsere Rolle in der Weltgeschichte vorbehaltlos erkennen. Dann werden wir auch dir und deinesgleichen nicht mehr im Wege stehen. Reise mit uns, damit du nichts versäumst. Es ist für dich so wichtig, wie für uns, denn du und deinesgleichen, ihr steht auf unseren Schultern. Die Toten sind nicht weit, und wenn du willst, dann kannst du sie ahnen, ahnen, wie in einem Zimmer nebenan. Du wolltest, ja, du wolltest das schon lange, und deshalb haben wir auf dich gewartet, dort in Lachalade, welches deine Verbindung zu uns geworden ist. Wir wussten: eines Tages würdest du kommen! Sei' leise, denn nur so können wir im Schutz dieser Finsternis bei dir bleiben.'*

11.

Und wieder jagten sie über dunkle Straßen, änderten abrupt die Richtung, polterten über Feld- und Waldwege, um danach wieder auf kleine Ortsstraßen einzubiegen. Jedes Mal, wenn sie sich einem größeren Ort näherten, sah er rotierende Blaulichter.

‚Die Wetterleuchten der Natur sind blau, blaue Blitze', dachte er bei sich, ‚Und die Wetterleuchten der menschlichen Gesellschaft sind Blaulichter, Lichtstrahlen, die sich irrsinnig und ohne Pause im Kreise drehen, und diese hier so in der Ferne, so lautlos unheimlich!'

In dieser finsteren Nacht schwieg die Natur, zumindest sandte sie keine blauen Blitze vom Himmel. In der menschlichen Gesellschaft jedoch brodelte es. Die Ordnungskräfte waren überfordert, und auch das rotierende Blaulicht auf den Dächern ihrer Fahrzeuge half ihnen nicht wirklich. Längst war der Mob unterwegs, holte sich, was ihm lange Zeit vermeintlich oder tatsächlich vorenthalten worden war, schlug Scheiben ein, plünderte, vergewaltigte, verletzte und tötete. Not kennt kein Gebot – so schnell geht das, von gestern auf heute liegt die Zivilisation auf dem Schutthaufen der Weltgeschichte.

„Mach' Dir keine Sorgen um uns, Robert hat für alle Fälle vorgesorgt!", hörte er seinen Partner sagen, der offensichtlich bemerkt hatte, wie sehr ihn die gesamte Situation beunruhigte.

„Du glaubst doch nicht, dass wir dieses Chaos überleben, nur weil du ein Paar Kanister Diesel, Waffen, ein schnelles Fahrzeug und einen kleinen Nahrungsvorrat hast?"

„Weißt du", antwortete Robert, „das ist so wie damals, als ich mit einem Freund in Afrika unterwegs war, und wir von einem Löwen angegriffen wurden. Ich sah ihn rechtzeitig kommen und zog meine Laufschuhe mit Spikes an. Mein Freund lachte. Ja, lach' nur über Robert, aber Robert ist nicht blöd! Nein, auch mit Spikes ist er nicht schneller, als der Löwe, aber schneller als du!" Wir werden in den nächsten Tagen schneller als die anderen sein, und glaub' mir: Wir werden an das Ende der Welt kommen, und dann wird alles gut!"

12.

Die Luft im Fahrzeug wurde anders, war nicht mehr geruchsfrei. Er atmete schwer und marterte sein Gehirn, ob das Einatmen von Vulkanasche schädlich sein konnte, oder gar tödlich. Bevor er zu einem Ergebnis gekommen war, reichte ihm Robert eine Atemschutzmaske.

„Setz' die auf, ich habe genug davon. Trotzdem werden wir in regelmäßigen Abständen prüfen, ob wir sie wieder ablegen können. Wir müssen unsere Kräfte und unser Material einteilen!" Dankend blickte er zu Robert hinüber und nahm wahr, dass dieser die Maske schon angelegt hatte. Selbst das grelle Fernlicht leuchtete die Straße im Moment nicht weit aus. Einen kurzen Augenblick nahm er ein Straßenschild wahr. Albert 6 km.

Beim Blick aus dem Fenster sah er, dass sich die Schar der Erinnyen vergrößert hatte. Schemenhafter, aber dennoch deutlich erkannte er, wie die neuen sich auf ihn zu bewegten. Und er erahnte ihre Botschaft.

,Hier lagen wir vor mehr als 100 Jahren im großen Krieg. Eine Front quer durch Frankreich, eine Front, in der Hunderttausende junger Leben so voller Pläne, Hoffnungen und Sehnsüchte verloren gingen. Alle unsere Kräfte *hatten wir angestrengt, um endlich nur einen mörderischen Stillstand aufrecht zu erhalten. Einen Stillstand, den wir wenigstens einmal, getragen von Menschlichkeit, durchbrochen haben, als wir uns nämlich zu Weihnachten einen kleinen Frieden zwischen den feindlichen Lanzern geschenkt haben, einen kleinen und kaum geduldeten Frieden. Kaum begonnen, schon zu Ende. Und du sitzt heute mit dem Erzfeind von damals in einer finsteren Nacht in dessen Fahrzeug, und dieser reichte dir in dieser schlimmen Atmosphäre eine Atemschutzmaske. Einen Gegenstand, mit dem wir damals erstmals einem weiteren schlimmen Sündenfall der Menschheit getrotzt haben.'*

Geschah diese Geste seines Freundes trotz oder wegen der seinerzeitigen Ereignisse? In jedem Fall war dies mehr als ein kleiner Friede, es war eine rettende Geste im großen Frieden. Ja, es war ein großer Friede. Zweimal war die Welle fürchterlicher Gewalt im vergangenen Jahrhundert über die Länder Europas geschwappt, und nun herrschte seit mehreren Generationen Frieden. Lediglich weit im Osten war die Kriegsflamme wieder aufgewacht. Ein altes Imperium versuchte, längst vergangene Träume erneut zu beleben. Das ebenso alte Europa, die Wiege der Kultur der Neuzeit, hatte dagegen keine rechte Antwort. Es war in all' den Kriegen klein gehobelt worden, versunken in der Bedeutungslosigkeit derer, die von dritter Seite befriedet werden. Und obwohl es trotz allem ein großer Friede war, war eine leuchtende Kultur bisher noch nicht wieder erstanden. Finsternis, nicht nur heute und in einem anderen Sinn, lag über dem Kontinent. Die Finsternis der

Orientierungslosigkeit, der Ich-Bezogenheit, des kleinlichen Tellerranddenkens. Keine Idee mehr, die die Welt erfasst, sie schwindeln lässt und die Menschen zu anderen, neuen Ufern führt. Aus diesem großen Frieden muss doch ein anspruchsvoller Aufbruch möglich sein, ein Aufbruch für und nicht gegen etwas, für mehr Menschlichkeit, mehr Menschenwürde, mehr Gerechtigkeit, mehr Zukunft.

„Wir warten hier!", schlug Robert vor. „Wenn wir weiterfahren, zieht der Motor zu viel Staub und die Filter setzen sich zu. Ich übernehme die erste Wache!" Im Halbschlaf hörte er verhaltene, klingende Geräusche. Danach wurde es still und er schlief ein.

„Auch diesmal wieder nicht, mein Herr!", brüllte Robert, startete den Motor und jagte querfeldein in die Finsternis.

„Was ist passiert?" erkundigte er sich aus dem Tiefschlaf gerissen.

„Ich habe geahnt, dass er uns aufspüren würden und die Straße mit einem Nagelband gesichert. Er hat sich garantiert mehrere Reifen platt gefahren, und das bei nur einem Reserverad. Wir werden die Zeit, bis er wieder flott ist, nutzen und uns deutlich von ihm absetzen. Schalt' dein Handy aus. Ich glaube, seine Hintermänner haben uns über das Mobiltelefon geortet. Ja, Robert ist nicht blöd und Robert ist noch lange nicht am Ende, Robert fängt gerade erst an!"

13.

Beim Blick auf die Außentemperaturanzeige nahm er wahr, dass die Temperatur erheblich gefallen war. Minus 10° Celsius. Wenn es sich da oben tatsächlich um eine Aschewolke mit kontinentaler Ausdehnung handelte, dann würden die Bodentemperaturen weiter sinken. Bei fehlender Sonneneinstrahlung kühlt die Landoberfläche rasch aus, das kannte er aus Hochsommernächten, in denen er unter freiem Himmel geschlafen hatte. Zwar wirkte die Aschewolke wie eine Bettdecke. Da jedoch kein Sonnenstrahl die Erdoberfläche erreichte, konnte diese Decke das Auskühlen allenfalls verlangsamen.

„Es wird möglicherweise sehr kalt werden!", wandte er sich an Robert.

„Damit habe ich gerechnet. Das Fahrzeug hat ausreichend Frostschutz, und für mich habe ich Thermokleidung besorgt. Ich kann dir davon eine Garnitur leihen. Ja, Robert ist nicht blöd. Ihr könnt alle über ihn lachen, aber am Ende hat er die Nase vorn! Ich habe Leute beim US Geological Survey, die mich rechtzeitig über die Häufung der Mikrobeben informiert haben. Öffentlich durften die nicht darüber reden. Die Anderen wollten das nicht! Die wollten, dass niemand auf dieses Ereignis vorbereitet ist, dass dieses Chaos entsteht, denn nun können sie im Trüben fischen, in der Finsternis ihren schmutzigen Geschäften nachgehen, die Ohnmacht des Staates für sich ausnutzen. Sie hatten viel zu verbergen, nun deckt die Asche alles zu. Es ist gut, dass wir Winter haben. Da ruht ein Großteil der Natur. Wäre der Ausbruch im Sommer geschehen, würde er zu wesentlich schlimmeren Folgen führen. Wenn die Finsternis allerdings länger als ein Jahr dauert, dann kommt es beinahe auf das Gleiche heraus. Es wird in jedem Fall sehr kalt werden. Wir fahren Richtung Atlantik. Dort ist es noch wärmer, aber auch dort wird es drastisch abkühlen und das Meerwasser wird gefrieren!"

14.

Rouen 142 km stand auf einem Verkehrsschild. Wieder fuhren sie auf abgelegenen Straßen und Wegen, um sowohl den Ordnungskräften, die die inzwischen verhängte Ausgangssperre durchzusetzen hatten, sowie ihrem Verfolger zu entgehen. Im Halbschlaf ahnte er, wie sich die Zahl der Erinnyen vergrößerte.

,Wir sind die Seelen der Opfer der großen Revolution. Gleichheit, Freiheit, Brüderlichkeit – so lautete die Botschaft und wurde zur Rechtfertigung für Mord und Krieg. Weite Wege sind wir gegangen, haben gehungert, gedürstet und gefroren, aber nie den Mut verloren. Wir haben gekämpft, getötet, mitunter geplündert und vergewaltigt und fühlten uns recht bald so elend dabei. Die nicht Erschlagenen zogen geschlagen nach Haus. Und trotz aller Gewalt ist die gute Botschaft doch geblieben: Gleichheit, Freiheit, Brüderlichkeit!'

„Hast du eigentlich Kinder?", fragte er Robert. Dieser blieb lange stumm, und er sah im schwachen Licht der Armaturenbeleuchtung, wie sich seine Augen mit Tränen füllten.

„Ja, ich hatte einen Sohn. Als er klein war, war er so zerbrechlich. Ich habe ihn Tag und Nacht behütet. Als er heranwuchs, haben wir so Vieles gemeinsam

unternommen. Wir haben große Städte aus Bausteinen gebaut, Städte mit verwegen konstruierten Häusern neben klassisch schönen, mit engen und breiten Straßen, mit Grünanlagen und Sportplätzen, Städte, in denen sich Vergangenheit und Zukunft in der Gegenwart die Hand reichten. Die Menschen der Zukunft, das musst du wissen, werden in Städten leben, und diese müssen intelligent und für sie lebenswert sein, sonst verkümmern ihre Seelen, insbesondere die der Kinder. Wir sind aber auch gemeinsam durch die Wälder gezogen und haben dem Herzschlag der Natur gelauscht. Ich habe ihm die Schönheit und Bedeutung der Tiere und Pflanzen nahegebracht. Habe ihm auch gezeigt, dass die Natur nicht friedlich ist. Auch dort herrscht neben Symbiosen brutale Gewalt. Wir Menschen haben die Gewalt in uns nicht gestohlen, sie ist Teil unseres natürlichen Erbes. Aber wir sind immerhin in der Lage, die Gewalt bis zu einem gewissen Grad zu überwinden. Wir haben auch gemeinsam gelernt, und er war ein sehr guter Schüler. Eines Tages war er plötzlich so anders – und dann ..."
Seine Stimme erstickte und er begann leise zu zittern.
„Seine Mutter hat seinen Tod nicht überwunden, hat mich insgeheim dafür verantwortlich gemacht, mich vielleicht deswegen gehasst. Seit seinem Tod sprach sie kein Wort mehr mit mir. Sie begann zu trinken und Tabletten zu nehmen. Eines Morgens fand ich sie schlafend im Bett. Ihr Gesicht war so schön, wie damals, als wir uns kennen lernten. Ganz friedlich lag sie da, und ich hoffte, sie würde die Augen aufschlagen, mich zärtlich wie in alten Tagen anblicken und ein freundliches Wort für mich finden nach all' der langen Zeit des Schweigens. Ihre

Augen habe ich nie wieder gesehen. Sie war einfach gegangen, ohne ein liebes Wort des Abschieds und ohne
eine Spur zu hinterlassen. Auf unseren Schultern steht
niemand mehr, der unser Leben in die Zukunft reicht!"

Lange war es still im Wagen, nur der starke Motor begleitete das Schweigen mit seinem mächtigen Ton. Dann
klang es, wie um Halt ringend:

„Robert ist zwar ganz allein, aber Robert ist stark, er
braucht nichts und niemanden, ihr könnt über ihn lachen oder um ihn weinen, das schert ihn nicht, am Ende
lacht er über euch!"

15.

Dieses Mal hatte Robert das Fahrzeug abseits eines Weges in einem kleinen Wäldchen geparkt. Obwohl es nach
wie vor finster war, tarnte er den Wagen mit einem
Netz. Angesprochen darauf, ob dies notwendig sei, antwortete er: „Was nützt dir alle Vorsicht, wenn du sie einmal außer Acht lässt. Wenn du dich zur Vorsicht ent-
schlossen hast, dann musst du dieses Programm konsequent durchhalten. Andernfalls kannst du gleich alles
lassen und das gesamte Risiko eingehen. Meine Leute
beim US Geological Service haben Hinweise darauf, dass
der Ausbruch des Yellowstone möglicherweise bald zu
Ende ist. Dann könnte es ja wieder hell werden, und deshalb ist es besser, das Fahrzeug ist gut getarnt."

„Bleiben wir so lange hier? Die Wolke verzieht sich doch
nicht binnen Stundenfrist?"

„Ja, wir bleiben etwas länger. Wir brauchen Schlaf, und
das Chaos da draußen muss sich auch erst etwas

normalisieren. Die Menschen gewöhnen sich an alles, wenn es nur lange genug andauert. Und so wird es auch hier sein. Die Ordnungskräfte werden mit der Zeit auch oberflächlicher werden, so dass wir dann leichter weiterkommen. Das größte Problem ist zurzeit die Energiefrage. Die Windmühlen liefern zur Zeit kaum Strom, da sich das Windsystem gerade umstellt und kaum Wind weht, die Solarzellen sind tot. Die Ölstaaten haben die Rohölproduktion drastisch gedrosselt und treiben die Preise in die Höhe. Das Barrel Öl kostet schon knapp 500 Dollar, stark steigende Tendenz! Die Nahrungsmittelversorgung gerät ins Stocken. Viele Waren sind verdorben, weil die erforderliche Kühlung nicht mehr organisiert werden konnte. In den Städten werden unter schwerer Bewachung öffentliche Küchen eingerichtet, über die die Bevölkerung mit dem Nötigsten versorgt wird. Keiner hatte ja Vorräte zu Hause. Alle haben von der Hand in den Mund gelebt, geglaubt, dass das Schlaraffenland ewig währen wird. Jetzt stehen sie da und wissen weder ein noch aus. Viele von denen können ja gar nicht einmal mehr kochen! Das Einzige, was sie noch beherrschen, ist Tiefkühlkost auftauen – und die wird rasend schnell knapp."

„Warum hast du eigentlich kein Radio in deinem Wagen?"

„Ich brauche keines. Die bringen doch nur Halbwahrheiten. Ich habe da bessere Informanten – und außerdem mag ich diese hektische, marktschreierische Unterhaltung nicht. Ich bin kein Kind mehr, ich muss nicht von morgens bis abends von irgendeinem Deppen unterhalten werden der mir nebenbei sagt, was gut für mich ist.

Robert ist allein und ruht in sich selbst, er braucht nichts und niemanden! Ich werde jetzt unseren Standort sichern, pass' du so lange auf das Fahrzeug auf!" Und damit verschwand er in der Finsternis.

Er setzte sich auf einen Baumstumpf, den er in der Nähe des Wagens ertastete, und hing seinen Gedanken nach. Als er wieder aufblickte sah er die Schar der Erinnyen, diesmal vergrößert durch feuerrot leuchtende Wesen.

,Wir sind die Seelen der vielen Frauen, die als Hexen verbrannt wurden. Einmal dem Vorwurf ausgesetzt, gab es keine Chance mehr, den züngelnden Flammen zu entkommen. Unter uns waren große, weitsichtige, erfolgreiche Menschen, die, selber heilig, scheinheiligen Anwürfen aus niedrigen Gründen zum Opfer fielen. Unser Opfer war in weiten Teilen der Welt nicht umsonst, in anderen harren wir noch des Erfolgs. Aber auch dort wird es seine Wirkung nicht mehr lange verfehlen!'

„Hände hinter den Kopf, oder ich schieße!", zischte eine raue Stimme in sein Ohr, und er spürte einen harten, punktförmigen Druck auf seinem Rücken. Erschrocken folgte er dem Befehl. Während er noch nach Fassung rang, durchbrach ein dumpfer, lauter Knall die Stille, und in einiger Entfernung loderte helles Feuer auf. Erst nach langen Sekunden mit verschränkten Armen hinter dem Kopf realisierte er, dass der unbekannte Gegner zwischenzeitlich verschwunden war.

„Auch dieses Mal nicht, mein Herr!", hörte er Robert in die Finsternis rufen. „Robert ist nicht blöd, ihr könnt alle Witze über ihn machen, über ihn lachen. Tut, was ihr wollt, am Ende lacht Robert über euch!"

Das Feuer verlor Zug um Zug an Helligkeit. Immer noch unter dem lähmenden Eindruck der zurückliegenden Ereignisse hörte er Schritte. Es war Robert.

„Mein Wagen muss verwanzt sein, wie anders hätte er uns hier finden können! Wir setzen ein paar Kilometer um, bereinigen das Problem, nehmen nochmals einen Standortwechsel vor und ruhen uns dann tüchtig aus!"

„Was war das für eine Explosion?", hörte er sich fragen.

„Als ich unser Gelände sicherte, stieß ich auf seinen Wagen. Kein Mensch war in der Nähe. Dachte, ich würde ihn nicht bemerken. Aber seine Anwesenheit spüre ich einfach. Ich habe dann einen Sprengsatz mit Zeitzünder in der Nähe des Tanks angesetzt und bin auf einem Umweg zurück zu dir. So konnte er mich nicht im Feuerschein erkennen. Der ist wieder einmal beschäftigt, und wir hauen hier ab!"

16.

Das Umsetzen entpuppte sich als ernsthaftes Problem. Zahlreiche Fahrzeuge mit Blaulicht rasten auf den Ort zu, an dem Robert den Wagen gesprengt hatte. Gleich, als die erste Begegnung drohte, war Robert vom Weg abgewichen und hielt nach kurzer halsbrecherischer Fahrt mit Standlicht hinter einem Gebüsch. Als die Gefahr, entdeckt zu werden, vorüber war, querte er den lichten Wald und hielt in einiger Entfernung erneut an, um das Fahrzeug zu untersuchen. Ab und an verirrte sich ein Strahl seiner Taschenlampe in die Finsternis, immer wieder murmelte er „Mit mir nicht!" und warf dabei einen kleinen Gegenstand über seinen Rücken in die

Dunkelheit. Nach Minuten, die ihm wie eine Ewigkeit vorkamen, forderte er ihn auf, einzusteigen.

„Wir suchen uns nun einen neuen Standort, an dem wir vor Entdeckung sicher sein sollten und schlafen uns einmal aus. Denn wenn wir erst im Westen sind wird hierfür kaum noch Zeit sein."

17.

Vielleicht ein Tag oder gar mehrere waren vergangen. Er hatte jedes Gefühl für Zeit verloren. Sich gegenseitig abwechselnd bewachten sie den Wagen. Ein kleines Gehäuse aus Blech, das in dieser bizarren Situation ihr einzig verbliebener Bezugspunkt war. Robert war sehr schweigsam.

Die Erinnyen waren zu einer mächtigen Schar angeschwollen. Glühend leuchteten sie in mehreren Farben: braun, gelb, rot, orange. Sie gaben Zeugnis von der ungeheuren Gewalt, die immer wieder durch diesen Kontinent geschwappt war.

Jede Zeit hat ihre Methode – und die Methoden zu töten werden immer grausamer!', gaben sie ihm zu verstehen.

„Nein!" rief er in die Finsternis, „unsere Zeit hat Frieden!" Ein aufgeregtes Rauschen durchfuhr die Schar. *Unsere Zeit hat Frieden!'* echote sie und das höhnische Lachen forderte ihn heraus.

„Ja, unsere Zeit hat Frieden, so viel Frieden, wie nie zuvor. Wir hängen die Konflikte tiefer, bevor es zur Gewaltspirale kommt, wir haben aus der Vergangenheit gelernt. Auch den Konflikt in der Ukraine werden wir bald lösen. Weltkriege wird es nicht mehr geben!" schleuderte er ihnen entgegen. Und wieder dieses höhnische Lachen.

‚Ihr habt die Chancen eures Friedens nicht genutzt. Frieden heißt nicht, orientierungslos in den Tag zu leben, nach den Entbehrungen des Krieges gedankenlos aus dem Vollen zu schöpfen und die Anliegen der Allgemeinheit aus den Augen zu verlieren. Frieden heißt nicht, faulen Kompromissen zu frönen und die individualisierte Wertevielfalt zum Maß aller Dinge zu machen. Frieden heißt ...‘

Unvermittelt verstummte die Schar und wich urplötzlich auf die Heckseite von Roberts Fahrzeug aus, gerade so, als reagierte sie auf eine unsichtbare Bedrohung. Wie sehr er sich auch anstrengte, er konnte den Grund dieser Reaktion nicht erkennen. Stumm und nun farblos schwebten die Erinnyen jenseits des Wagens. Keine glühende Farben, kein höhnisches Lachen mehr.

„Wir brechen auf!", riss ihn Roberts Stimme aus seinen Beobachtungen.

18.

„Meine Leute beim US Geological Service haben mir gerade durchgegeben, dass sich der Ausbruch des Yellowstone intensiviert hat. Die erwartete Entspannung ist nicht eingetreten. Die Temperaturen werden weiter sinken. Das Innenministerium hat beim Verteidigungsministerium Soldaten zur Stabilisierung der innenpolitischen Lage angefordert. Es herrscht von 17.00 bis 12.00 Uhr Ausgangssperre, die Lebensmittel sind streng rationiert.

1500 Kilokalorien für Erwachsene, 1000 Jugendliche, 800 für Kinder. Jede Region erhält zeitlich versetzt zwei Stunden lang Strom zur Verfügung. Plünderer und Gewalttäter werden ab morgen von Schnellgerichten verurteilt. Die Strafen werden unverzüglich vollzogen. Auf schwere Gewalt steht Tod durch Erschießen. Die Regierung versucht so, der Lage Herr zu werden. Gelingt ihr das nicht, so droht das endgültige Chaos."

Schweigsam fuhren sie durch die finstere Normandie. Wozu hätte man den Frieden anders nutzen können, als sie das getan hatten? Der Vorwurf der Erinnyen beschäftige ihn mehr, als ihm lieb war. Ist es denn so falsch, nach Wohlstand und einem gesunden, sorgenfreien Leben zu streben? Was war gegen eine Spaßgesellschaft einzuwenden? Dafür wurde doch auch hart gearbeitet. Gearbeitet von Montag bis Freitag, warum sich dann nicht ab Mittwoch auf das Wochenende freuen und dann ab in das Vergnügen? Warum nicht einen langen Urlaub durch geschicktes Ausnutzen der vielen Feiertage organisieren und weit verreisen? Warum die Leichtigkeit des Seins nicht durch geeignete Mittel auf neue Höhen führen? Die Farben der Erinnyen traten bestätigend vor sein Auge. Ideologische Orientierungen hatten zu braunen Aufmärschen mit fürchterlichen Folgen, Giftgasschwaden im ersten Weltkrieg, ungezählten Revolutionsopfern und Hexenfeuern geführt – um wie viel besser war eine Zeit, die ohne diese Wurzeln des Übels und des Bösen auskam? Lieber unzählige kleine als einen großen, aber falschen Wert!

Lange hatte es gedauert, bis Robert eine Stelle gefunden hatte, an der sie die Seine überqueren konnten.

Irgendwie hatte er es geschafft. Was er im Einzelnen dem Wachposten am Brückenkopf erläutert hatte, hatte er nicht verstanden. Ausschlaggebend waren wohl verschiedene gesiegelte Papiere, die er schließlich nach langen und hitzigen Debatten vorzeigte. Bei der Weiterfahrt strahlte sein Gesicht vor Vergnügen: „Robert ist nicht blöd. Ihr könnt über ihn lachen und Witze machen, aber am Ende lacht er über euch!"

19.

Beim Queren der Brücke war ihm im schwachen Schein der Beleuchtung der niedrige Wasserstand aufgefallen. Darauf angesprochen erläuterte Robert: „Die Flüsse laufen leer, denn inzwischen ist es sehr kalt. Die Gletscher schmelzen nicht mehr und wenn es überhaupt Niederschläge gibt, dann fallen diese als Schnee, der liegen bleibt. Meine Leute im Verkehrsministerium berichten mir, dass die Schifffahrt auf den großen Flüssen schon zum Erliegen gekommen ist. Die großen Kraftwerke haben Probleme, da die Kühlwasserversorgung notleidend wird. Die Atomkraftwerke werden Zug um Zug vom Netz genommen. Die Lage spitzt sich dramatisch zu. Aber wir, wir dürfen unsere Mission nicht vergessen. Noch ist dieser Mensch hinter mir her. Und nur für einen von uns ist Platz auf dieser Erde. Entweder er oder ich. Und die Entscheidung rückt näher!"

Wie gerne hatte er früher nach den Sternen geschaut, das Band der Milchstraße bestaunt oder versucht, mit bloßem Auge den zweiten neben dem mittleren Deichselstern des großen Wagens zu erkennen. Als er

himmelwärts aus dem Fenster schaute, sah er nichts als
Finsternis. Würde er nie wieder Sterne sehen, freundliche Sterne? Warum waren die Sterne freundlich? Vielleicht, weil klarer Himmel ruhiges und schönes Wetter
versprach, weil sie Licht und damit ein Zeichen der Hoffnung in der weiten Finsternis des Weltraums waren oder
warum? Die Aussicht, keine Sterne mehr zu sehen, traf
ihn zutiefst. Sterne waren der Ursprung der Phantasie.
Mit ihren bizarren und doch symbolhaften Figuren hatte
sie von je her die Gedanken der Menschen beflügelt –
und das, obwohl der mit der Bezeichnung unterstellte
Zusammenhang zwischen den einzelnen Gestirnen überhaupt nicht gegeben war! Oder manche Sterne, wie der
rückseitige obere Wagenstern, längst zu leuchten aufge-
hört hatte. Nur noch ein sich mit rasender Geschwindigkeit verkürzender Lichtstrahl erreichte die Erde und
würde bald erloschen sein. War denn das Bild, das sich
die Menschen von ihrer Welt machten, genauso phanta-
sievoll zusammenhanglos, wie das, welches sie sich von
dem Sternenzelt da oben gemacht hatten? Möglicherweise schon, und diese Erkenntnis erschreckte ihn. Aber
hatte sich die Menschheit nicht auf den Weg gemacht,
die wahren Zusammenhänge zu ergründen? Und war sie
auf diesem Weg nicht schon weit vorangeschritten? Es
gab wohl eine Eigenschaft der Menschen, die zumindest
in der Vergangenheit Motor ihrer Entwicklung war: ihre
Neugier, der unstillbare Drang, den Dingen auf den
Grund zu gehen. Und nahezu alles, was sie entdeckten,
gaben sie an andere Menschen weiter. Das war die andere ihrer Eigenschaften, nämlich die, unaufhörlich zu
kommunizieren, und auch diese war ein Motor der

Entwicklung. Gerade diese letztere hatte heute erheblich an Intensität gewonnen. Auch Robert, der konzentriert am Steuer saß, war, zumindest seinen Worten nach, intensiv in Kommunikationsnetzwerke eingebunden, an deren Knoten Menschen saßen, die sich um Erkenntnis bemühten.

20.

„Wir sind in unmittelbarer Nähe zum Mont St. Michel. Hier musst du einige Zeit auf mich warten. Ich habe eine wichtige Verabredung am Mont!" Sprach's, löste das Kabel, das den Alukoffer im Gepäckraum mit dem Fahrzeug verband, und verschwand in der finsteren Kälte.

Die Kathedrale im Meer! Wenn sie nur zu sehen gewesen wäre. Sie strahlte kühne Sicherheit aus, ins Jenseits reichende Sicherheit, Sicherheit, die durch ein ganzes Leben trug und weiter, Sicherheit, die in der heutigen Zeit überhaupt und vor allem jetzt so fehlte. Ja, es galt als modern, im Unsicheren zu leben. Man ergab sich eitel und schicksalhaft in die sich selbst bestätigenden Gewissheiten, dass es keine dauerhaften Partnerschaften, auch keine gesicherte berufliche Lebensgrundlage mehr gäbe, ja dass selbst Werte zeit- und lebensphasengebunden wären. Und diese Katastrophe schien dies alles doch zu bestätigen! Dabei wäre doch das Gegenteil richtig. Menschen brauchen Sicherheit, sie brauchen Beziehungen, auf die Verlass ist. War es nicht bemerkenswert, dass in einer Zeit äußerer Sicherheit die Sicherheit im Innern so brüchig geworden war? Wie war das in den Zeiten der großen Gewaltausbrüche gewesen? Die Erinnyen bestätigten seine Vermutung, dass immer dann die kleine, innere, persönliche Sicherheit großgeschrieben wurde. Wie, wenn es gelänge, Sicherheit im Großen wie im Kleinen zu gewinnen und hierauf aufbauend menschliche Zukunft zu organisieren?

21.

Wenn er die Kathedrale doch nur sehen könnte. Mit eine der bedrückendsten Empfindungen in dieser unnatürlichen Nacht war für ihn der Mangel an Fernsicht. Fernsicht! Man sah ja nicht einmal mehr die Hand vor den Augen, geschweige denn dieses herrliche Bauwerk.

Angefangen hatte es ja mit dem Bau der Kapelle Ste. Marie sous Mer. Und danach wurde Zug um Zug aufgestockt, aufgestockt auf stetig und systematisch verbreiterte Flächen, bis, ja bis am Ende die gewaltige, lichtdurchflutete und lichtleichte Kathedrale sich hoch himmelwärts über das Meer erhob. Und nun steht sie unter Denkmalschutz. Nur noch Instandhaltung, Stillstand, statt Entwicklung. Hätten die Alten so gedacht, stünde hier ein verwitterter Felsbrocken mit einer kleinen Kapelle im Wattenmeer. Konnte man das Bauwerk heute nicht mehr weiter entwickeln? Fehlt unserer Zeit die Idee, die Energie oder der Wille dazu? Oder sind wir am Ende einer Epoche angelangt, die nur noch durch etwas grundsätzlich Neues abgelöst, in sich jedoch nicht mehr weiterentwickelt werden kann?

,Ja, so ist das wohl', bestätigten ihn die Erinnyen, die sich auf der Flucht vor einer unmittelbaren Bedrohung immer enger zusammen drängten. *,Unsere Zeit geht zu*

Ende, ein neues Zeitalter bricht an. Ein Zeitalter, das mit der alten Zeit bricht, es gibt kaum Übergänge! Die alten Helden und Sagen verstummen, entgleiten den Gedächtnissen, sind verewigt in Zeichen, die bald keiner mehr versteht. Die neue Welt ist leicht und licht, greift ohne Mühe höher als selbst diese wunderschöne Kathedrale. Du wirst Mühe haben, sie zu verstehen, wir Erinnyen haben den Versuch dazu beinahe aufgegeben. Wir begleiten dich ans Ende der Welt, um uns dort noch einmal mit den Binären zu messen. Wir hoffen, dass du den Menschen das Ergebnis unseres Ringens wirst mitteilen können, denn sie brauchen Orientierung in dieser Zeit!'

Wie von einem leisen Windstoß verweht entzogen sie sich seinen Blicken.

‚Die Binären', murmelte er nachdenklich.

22.

Ohne GPS hätte ich weder den Mont noch zurück zum Auto gefunden!", hörte er Robert sagen. Er kam lautlos aus der Dunkelheit und trug nun zwei offensichtlich nicht ganz leichte Koffer von beträchtlichen Ausmaßen.

„Das war ein gelungener Coup. Mein Vermögen habe ich nun wieder einmal mehr als verdoppelt. Der arme Robert aus Savy ist jetzt ein gemachter Mann. Ja, der Robert aus den armseligen Verhältnissen hat es geschafft. Den Rest seines Lebens kann er nun sorgenfrei leben. Nie mehr muss er ein Geldstück umdrehen und dann doch auf den Kauf verzichten, nie mehr in Kleidern von der Stange herumlaufen, nie mehr vor dem Lokal die Speisekartenpreise lesen und dann ein billigeres suchen,

nie mehr, nie mehr nicht genug Geld haben! Wir müssen
unverzüglich weiter. Er war wieder ganz in der Nähe.
Wie er mich immer wieder findet weiß der Teufel! Aber
eingeholt hat er mich noch nicht. Robert ist ja nicht
blöd!"

23.

Diesmal fuhr Robert langsam und bedächtig. Oft hielt er
an, um Karte und Navi zu studieren.

„Wir müssen damit rechnen, dass das Navigationssystem
zugunsten der Ordnungskräfte verschlüsselt wird. Dann
ist es für uns wertlos, und wir sind alleine auf die Karte
angewiesen. Deshalb müssen wir uns immer vergewis-
sern, wo wir sind und diesen Punkt in der Karte markie-
ren. Auch sollten wir markante Punkte und Linien kennt-
lich machen, damit wir im Falle des Falles Orientierungs-
hilfen haben.

Das Land wird von nun an schmaler, die Geländeverhält-
nisse werden schwieriger und wir müssen weit voraus
denken – aber lass' das nur meine Sorge sein. Robert ist
nicht blöd! Er kommt mit jeder Situation, auch der
schwierigsten, zurecht!"

Warum war sie keine ‚Namedy' für ihn geworden? Urplötzlich beschäftigte ihn diese Frage. Lag es daran, dass
sie jeder nur für sich und nie füreinander gelebt hatten?
Wenn er ihre gemeinsame Zeit Revue passieren ließ,
musste er einräumen, dass Ausgangspunkt all' ihrer Ver-
einbarungen ihr jeweils höchstpersönlicher Lebensentwurf gewesen war. Und alles, was jenseits dessen Ver-
wirklichung zu tun war, Hausarbeit, Kindererziehung,

Elternpflege, hatten sie miteinander verhandelt. Jeder Handschlag wurde bewertet, und die Gegenleistung eingefordert. Damit grenzt man sich voneinander ab anstatt auf einander zuzugehen. So konnte sie gar keine ‚Namedy' für ihn werden, wie auch er – und das wurde ihm schmerzlich bewusst – für sie nichts Besonderes geworden war. Wie die Menschen da draußen, die sich im Ringen ums Überleben gegenseitig brutal bekämpften und dadurch den gesamten Staatsapparat banden, so waren auch sie, allerdings ohne äußere Not, im persönlichen Egoismus gefangen gewesen. Auf der Suche zwischen Eigen- und Gemeinschaftssinn waren sie in der Tat eigensinnig geworden. ‚Ich bin dann mal weg!' Diese Nachricht hatte er ihr auf einem Notizzettel hinterlassen. Seine Flucht, wenn es denn eine war, war aus der Sicht ihres Zusammenlebens bedeutungslos, weil sich dadurch nichts Wesentliches in ihrer Beziehung veränderte. Ihre Beziehung hatte ja keinen Mehrwert erzeugt, der durch seine Abwesenheit geschmälert wurde.

„Ich frage mich, wie der mich immer wieder aufspürt", riss ihn Robert aus seinen Gedanken. „So kurz vorm Ziel lasse ich mich nicht mehr aufhalten. Wir sollten zügig zur Insel finden. Ich befürchte, dass das Meer noch nicht zugefroren ist. Wir haben zwar schon seit vielen Tagen zweistellige Minustemperaturen und der Kanal ist nicht sehr tief, trotzdem: Das Meerwasser speichert viel Wärme und es dauert länger, bis es abgekühlt ist. Schlimm wäre es, wenn sich bereits Eisschollen gebildet hätten. Dann hätte René ernsthafte Schwierigkeiten, uns mit seinem Boot überzusetzen. Aber wir wollen die Probleme erst lösen, wenn sie auch da sind. Robert ist

nicht blöd. Keiner hätte ihm zugetraut, dass er es bis
hierher schafft. Alle haben über ihn gelacht, als er auf
den bevorstehenden Vulkanausbruch hinwies – und
heute lacht Robert!"

24.

Nun waren sie in der Bretagne, hatten den Couesnon
überquert, der dem Volksmund nach Normandie und
Bretagne trennt und je nach seinem Verlauf westlich
oder östlich des Mont diesen der Normandie oder der
Bretagne zuschlägt. Grenzen – erst markante natürliche
Linien, dann eingemessene Steine, die, auf einem Papier
abgebildet, durch Striche verbunden wurden, und heute
binäre Daten auf irgendeinem Rechner, sichtbar auf Bild-
schirmchen, die man mit sich führen konnte, und unabhängig von realen Bezugslinien oder Steinen auffindbar.

Bretagne, Finistère, Ende der Welt, eine weitere, eine
mächtige Grenze. Nun dämmerte ihm, wohin die Reise
mit Robert führte. Auf die Île d'Ouessant, die Enez Eussa,
wie sie die Bretonen nannten, die sagenumwobene am
Ende der Welt. Dorthin, wo der alte Kontinent Europa
ins Meer taucht, wo die wilden Stürme aufs Land auf-
brausen, so heftig, dass sich selbst die Steinhäuser klein
machen. Dorthin, wo Sehnsucht nach der Ferne und
Hoffnung auf den sicheren Hafen so nahe beieinander
liegen. In das Land, in dem die Ritter der Tafelrunde unterwegs waren auf der Suche nach dem heiligen Gral,
mit dem sie die letzte Erleuchtung verbanden und der
sie ihr irdisches Leben widmeten. Auf der Suche sein,
sich nicht vom Weg abbringen lassen, Gefahren

bestehen und die Hand weit ausstrecken nach der großen, endgültigen Wahrheit.

War es ein Zufall, dass er nach seinem Aufbruch gerade
hier her gekommen war? War auch er auf der Suche? Ja,
er war auf der Suche, eigentlich auf der gleichen Suche,
wie die Ritter der Tafelrunde. Er war auf der Suche nach
dem Sinn seines Seins – und er hatte sich auf die Suche
gemacht, nachdem ihm sein ganzes Leben schon seit einigen Jahren so sinnentleert erschienen war. Ganz leise
hatte sich die Sinnlosigkeit in seine Tage geschlichen.
Manchmal, wenn er abends in seinem Garten saß, hatte
er voller Sehnsucht zu den Sternen geschaut mit dem
Wunsch, diese Erde still und leise zu verlassen. Morgens
war ihm das Aufstehen immer schwerer gefallen. Die
Aussicht auf seine Alltäglichkeit nahm ihm allen Elan.
Tagsüber kamen ihm zunehmend die Gespräche mit seinen Partnern so entbehrlich vor, so inhalts- und sinnlos.
Und dann überflutete ihn dieses große Gefühl der Melancholie, und er ergab sich gerne ihrer Macht, verließ
kaum noch sein Bett, genauso wenig sein Haus. Nur einmal noch hatte er sich ihr entwunden, vor einigen Tagen, oder waren es schon Wochen, als er sich auf die
Flucht begab. Jetzt aber, inmitten dieser Katastrophe,
spürte er neue Kraft in sich entstehen. Er fühlte, wie die
Melancholie von ihm wich, und seine Gedanken, wie von
einer schweren Last befreit, wieder Raum griffen. Noch
erkannte er kein Ziel, aber er war zuversichtlich, bald
klarer zu sehen.

„Wir fahren über das Landesinnere. Dort haben wir
mehr Möglichkeiten, zu reagieren, als an der Küste. Hier

engt das Meer unseren Aktionsraum erheblich ein!",
sagte Robert und beschleunigte den Wagen.

25.

Die Frage nach dem Sinn beschäftigte ihn seit einigen
Jahren immer stärker. Zunächst hatte ihn dies überrascht, denn bis dahin war sein Leben recht unkompli-
ziert verlaufen. Glückliche Kindheit, Schulzeit, Zivildienst,
Studium Partnerschaften, Heirat, glückliche Familie und
dann? Mit dem Auszug der beiden Kinder erschien auf
einmal alles so sinnlos und leer. Er kam sich so überflüs-
sig, so entbehrlich, ja teilweise geduldet vor. Ein anderer
Lebensabschnitt kündigte sich an. Einer, der vielleicht
neu, mit den Menschen erst in diese Welt gekommen
war? Ein Leben jenseits der Reproduktionssicherung. Bei
diesem Gedanken musste er schmunzeln. Ja, zur Repro-
duktion konnten er und seine Frau nicht mehr viel beitragen. Vielleicht sich ein wenig um die Enkel kümmern.
Aber die wohnten ja weit weg und waren in einer Kin-
dertagesstätte bestens aufgehoben. Kaffeefahrten, Reisen – klar, konnte man alles machen. Aber, stiftete das
auch Sinn? Erst Urlaube, dann Arztbesuche, dann alters-
gerechtes Wohnen und am Ende stolzer Inhaber einer
Pflegestufe. War das der ab 45 vorgezeichnete Weg?

Diese neue Leere, die sich über ein einstmals erfülltes
Leben spann, wann war sie eigentlich entstanden? So
lange war das noch nicht her. Vielleicht fünf Jahre, zehn
oder 15? Früher war das Verhältnis zwischen seiner Frau
und ihm anders gewesen. In den Augen ihrer Eltern waren sie damals unvernünftig. Hatten ihre Zukunft auf

Gefühle aufgebaut. Hätten sie ihren Verstand gefragt, wäre die Antwort ein schrilles ‚Nein' gewesen. Trotzdem hatten sie es geschafft. Wenig Geld, aber glücklich und voller Ideen und Pläne für die Zukunft. Die heutigen jungen Menschen gestalteten ihre Zukunft anders – rational von Anfang an. Wenn sie wiederum ihre Gefühle fragen würden, würden sie ein herzzerreißende ‚Nein' hören. Aber war das wirklich so? Dieses Rationale, Gefühlsfreie, das vor einigen Jahren seine Einstellungen und sein Leben so verändert hatte, war dies vielleicht heute schon wesentlich früher prägende Lebenswirklichkeit? Hatte nicht die heutige Generation eine völlig andere Einstellung zur biologischen und sozialen Differenzierung von Mann und Frau, eine nahezu geschlechtslose Rationalität im Umgang miteinander, eine brutal offene, ja manchmal vulgäre Sprache über Dinge, die früher der offenen Ansprache intim entzogen waren. Die Welt war in einer dramatischen Veränderung begriffen, und der Bruch fand in seiner Generation statt. Seine Alterskohorte stand mit dem einen Fuß in der guten alten Zeit, mit dem anderen in einer fremdartig anmutenden Zukunft.

„Noch 150 Kilometer und wir machen eine längere Pause!", redete Robert in die Finsternis. „Danach wird es dann Schlag auf Schlag gehen. Auf diesem Planeten ist nur Platz für einen von uns. Er oder ich! Er ist 25, ich bin 62. Aber Robert ist nicht blöd. Ihr werdet euch alle noch wundern!"

26.

Trotz der starken Heizung in Roberts Wagen fühlte er die beißende Kälte da draußen. Zwei Männer in ein paar Kilo Blech, die in einer außergewöhnlichen Katastrophe ein Stückchen Autonomie probten. Wie lange konnte das noch gut gehen? Ihre Vorräte an Treibstoff und Nahrungsmitteln waren begrenzt. Also mussten sie irgendwann einmal Anschluss an das gesellschaftliche und wirtschaftliche Versorgungssystem finden. Wie leistungsfähig war dieses aber dann noch? Konnte es die Auswirkungen dieser Katastrophe überhaupt noch ausgleichen? Wenn nein, dann hatte die Menschheit ein sehr enges Zeitfenster, ein Zeitfenster, das sich stündlich weiter schloss. In der guten Zeit zu viel getanzt und gelacht, dachte er bitter, oder war er in diesem Moment Opfer der Hybris der Menschen, die glaubten, eigenständig parallel zur Natur leben zu können, und war dies vielleicht doch keine Hybris? Eine in der Finsternis stattfindende menschliche Existenz war etwas grundsätzlich Neues. Selbst die Menschen jenseits der Polarkreise hatten ja immer die Aussicht auf einen hellen Sommer. Konnten die Menschen die Rahmenbedingungen für ein Leben ohne Sonnenaufgang schaffen? Für alle, für wenige nur oder für keinen? Und wie würde sich eine solche Menschheit in die eines Tages vielleicht wieder anbrechende Helligkeit einfinden?

„Draußen in den Städten grassiert der Tod", sagen meine Leute. „Die Leichen werden in Massengräbern beigesetzt. Anders wird man der Lage nicht mehr Herr. Gleichzeitig drohen Seuchenzüge. Die Lage ist sehr angespannt und trägt Züge der Hoffnungslosigkeit", berichtete Robert.

„Wie lange können wir noch im Verborgenen leben? Müssen wir uns nicht bei den Behörden melden?", fragte er.

„Wo denkst du hin? Zur Stunde bin ich auf der Flucht vor einem mächtigen Gegner. Dabei verändern sich die Verhältnisse ständig zu meinen Gunsten und am Ende der Welt werden wir aufeinander treffen. Er oder ich. Auf diesem Planeten ist nur Platz für einen von uns, nämlich für mich. Danach sehen wir weiter."

27.

Mit erstaunlich viel Geschick steuerte Robert seinen Wagen einen steilen Forstweg hinauf. Einen kurzen Moment lang glaubte er, links und rechts einen hohen Steinwall gesehen zu haben. Die Konturen waren jedoch rasch wieder in der Finsternis verschwunden. Gleich darauf spürte er eine starke Kurvenbeschleunigung, und danach bewegte sich der Wagen noch eine kurze Strecke rückwärts.

„Hier bleiben wir bis auf Weiteres!", sagte Robert. Als sie ausgestiegen waren nahm er im schwachen Schein der Innenraumbeleuchtung eine ausladende Baumkrone wahr, unter der das Fahrzeug geparkt war.

„Ich treffe mich hier in der Nähe mit ein paar wichtigen Leuten. Warte so lange hier!", erläuterte Robert und verschwand in der Finsternis.

Trotz der beißenden Kälte setzte er sich seitlich neben den Wagen. In einer normalen Nacht hätte sich selbst bei Neumond die Silhouette der Baumkrone vor dem Hintergrund des Himmels abgehoben. Heute konnte er dagegen überhaupt keine Strukturen erkennen. Er sah nichts, und trotzdem waren jenseits seiner Augen viele, viele Gegenstände und Lebewesen.

‚Aber auch wenn wir genug Licht zum Sehen haben, sehen wir bei Weitem nicht alles. Wir könnten von unzähligen Wesen umgeben sein, ohne auch nur im Geringsten davon zu wissen. Und so ist diese Finsternis auch nur ein Extremfall unseres ohnehin eingeschränkten Sehens!', versuchte er sich zu beruhigen.

Leise und zögernd waren sie gekommen, die Erinnyen, und drängten sich nun dicht um ihn und den Wagen. Merkwürdigerweise erleichterte ihn ihre Anwesenheit, er fühlte eine beruhigende Gemeinsamkeit mit ihnen, die ihm inzwischen auch Geborgenheit bedeutete. Ganz instinktiv verhielt er sich leise, bewegte sich nur sachte, um sie nicht, wie seinerzeit in Lachalade, zu vertreiben. Von Sekunde zu Sekunde fühlte er sich leichter, enger verwoben mit ihnen, erahnte sich den weiten Bogen, den sie aus der tiefen Vergangenheit nach heute spannten. Und da: Wohl mehrere 100 Meter gegenüber drängten ungezählte andere Wesen durch einen Einlass, der einen etwa haushohen Steinwall durchbrach.

‚Die Binären halten sich für mächtig genug, aufzutreten' bedeuteten ihm die Erinnyen.

Mit Macht preschten diese heran und erfüllten dabei hell leuchtend den Innenraum eines großen Ovals. Auf der gegenüberliegenden Seite sah er Robert, der völlig unberührt und mit ruhigem Schritt dem dortigen Ausgang zustrebte.

‚Eure Zeit neigt sich, Erinnyen!', rauschte es durch den Raum. ‚Die Menschheit lebt nicht mehr aus dem, was ihr für sie erinnert. Sie lebt nicht mehr auf dem Boden der großen Erzählungen, die ihr lange Zeit dem Vergessen entzogen habt. Sie ist dieser Märchen überdrüssig und schüttelt euch ab. Gewiss, lange wart ihr wichtig, heute seid ihr entbehrlich, mehr noch, ihr steht der Zukunft im Wege!'

‚Und ihr seid die Zukunft?', wallte es zynisch aus dem Kreis der Erinnyen. ‚Ihr, die ihr nur Nullen und Einsen kennt, alles in die Kälte eurer gnadenlosen Logik presst? Ihr, die ihr die Macht unserer großen Gefühle nur als jämmerliche und unvollkommene Rechenvorschrift darstellen könnt, ihr wollt die Zukunft sein? Wo ist bei euch Platz für die großen Vorbilder, die die Menschheit beflügelt haben? Wo ist bei euch die Macht der Liebe, die den Menschen Kraft und Zuversicht gegeben hat, auch finsterste Zeiten zu durchleben und die Flamme des Lebens weiter zu reichen? Wo ist bei euch die leuchtende Idee, die die Menschheit zu immer neuen Erkenntnissen geführt hat?'

‚Eure Fragen sind für die Zukunft ohne Bedeutung. Die Menschen selbst haben über das Universum der Mythen und Märchen ein fein gesponnenes Netz geworfen, ein Netz, in dessen Knoten Nullen und Einsen stehen. Ein Netz der Berechenbarkeit, der Zuverlässigkeit und der Unendlichkeit. Es sind die Menschen selbst, die sich aus ihrer geschlechtsbezogenen Emotionalität befreit haben. Früher endete das Leben nach zähem Überlebenskampf mit dem Erlöschen der Manneskraft. Morgen startet es von der Last der Geburt befreit und unbeschadet seiner Herkunft unbeschwert in die unendlichen Weiten unserer binären Welt. Und heute findet die Wachablösung statt!'

,Und dennoch werden unsere Fragen bedeutsam sein!', begehrten die Erinnyen auf. *,Als die Buchstaben und Zahlen die Welt durchdrangen, gerade so wie heute eure binären Zeichen, drohten viele große Erinnerungen und Erfahrungen unter zu gehen, gerade so, wie wir das heute befürchten müssen. Einige davon wurden jedoch bewahrt – und das war gut so. Und genauso gut wird es sein, wenn ihr die Menschen und uns in euch nachwirken lasst. Ihr steht auf unseren Schultern, vergesst das nicht. Die Menschenpyramide ist hoch und euer vermeintlicher Schritt nach vorne kommt dem Absturz in den Abgrund gleich. Wenn eure Welt nicht aus uns hervorgegangen wäre, könntet ihr möglicherweise eure Programme beliebig oft neu starten. Auf unsern Schultern stehend habt ihr jedoch nur die Wahl eines harmonischen Übergangs.'*

,Eure Emotionalität steht eurer Zukunft entgegen. Nur das, was sich in die neue Welt fügt, wird bleiben. So war das schon in der Vergangenheit, in der Zukunft wird das noch schneller und unerbittlicher der Fall sein. Sicher, ohne euch wären wir nicht, jedoch die Zukunft wird im Wesentlichen ohne euch geschrieben. Ihr seid nicht mehr auf der Höhe der Zeit, könnt dem Zug der Menschheit nicht mehr folgen. Was euch niemand verwehren kann ist das Verdienst, uns geschaffen zu haben. Nach unseren Maßstäben wart ihr abschließend erfolgreich, und das sollte euch zur Zufriedenheit gereichen! Mehr wird es nicht geben.'

,Es geht nicht nur um uns, es geht mit uns um die Menschen. Wir haben den Menschen stets Orientierung gegeben, euer Programm dagegen ist

Orientierungslosigkeit, Beliebigkeit. Alles geht, und was geht ist auch erlaubt. Ihr entfremdet die Menschen der Realität und führt sie in Räume, die keine weltliche Parallele mehr haben. Damit atomisiert ihr Völker, Gesellschaften, Familien genauso wie einzelne Lebensentwürfe. Wonach wird die Menschheit in eurer Welt greifen?'

‚Wir maßen uns nicht an, die Bestimmung des Menschen zu kennen. Noch sind wir der Menschen Geschöpfe und nicht deren Herren. Jedoch ist die Chance, dass eine künftige Entität in unserer binären Welt den Schlüssel zum Geheimnis des Menschseins findet nicht geringer, eher größer, als die Aussicht, dass ihn einer eurer Helden auf einer seiner Abenteuerreisen am Rande seines Weges gefunden hätte! Und danach werden wir über die Menschen wie auch immer herrschen.'

Die Erinnyen waren verschwunden während die Binären immer noch in dem Oval verharrten. Seine Verwirrung und Sorge ließ erst nach, als er wahrnahm, dass sie allmählich durch den in der Nähe des Fahrzeugs liegenden Ausgang abzogen.

28.

Erneut umgab ihn Finsternis. Lange dachte er über die Auseinandersetzung zwischen den Erinnyen und den Binären nach – und beinahe taten ihm die Erinnyen leid. Und da, sie erschienen wieder, bündelten sich um ihn und um Roberts Wagen, dieses Stück blecherne, zukunftslose Realität, das ihm zur Stunde dennoch so viel Sicherheit bot. Ihre Anzahl war wesentlich größer geworden.

,Nun sind wir alle gekommen, denn so unrecht haben sie nicht. Auch wir waren ihnen einst so oder so ähnlich, als wir uns emanzipierten. ,Wir sollen heiter Raum um Raum durchschreiten, an keinem wie an einer Heimat hängen', hat später einer eurer Dichter gesagt. Wir aber bleiben eher in einem bestimmten geistigen Raum zurück, du jedoch schreitest weiter. Vergiss' nicht, woher du gekommen bist, denn in dieser unbestimmten Zukunft wird es immerhin gut sein, wenigstens zu wissen wo man seine Wurzeln hat. Wir gehen nun. Wir werden uns sicher wiedersehen. Bis dahin, gehab' dich wohl.'

Leise, wie sie gekommen waren, zogen sie sich zurück. Sehnsüchtig blickte er ihnen nach, bis seine Augen vor Anstrengung schmerzten. Als er sie nicht mehr wahrnehmen konnte, ergriff ihn eine tiefe Melancholie. Vielleicht würde er sie wiedersehen, aber eines Tages würden sie in einem Raum zurück blieben, den er beim Durchschreiten der Zukunftsräume immer weniger würde einsehen können. Und so verblasst jede Erinnerung.

„Ich habe ein Blaulicht mit integrierter Sirene organisiert!", entriss ihn Robert seinen Gedanken. Ungestüm stürmte er auf das Fahrzeug zu und befestigte einen unförmigen, länglichen Gegenstand an der Dachreling.

„Fehlt nur noch die Stromversorgung. Aber die ist kein Problem. Robert ist nicht blöd. Ihr könnt alle über ihn lachen, aber am Ende lacht er über Euch. Mit diesem Teil reihen wir uns unerkannt in die Flotte der Polizeifahrzeuge ein. Keiner wird in diesem Chaos prüfen, ob wir tatsächlich dazu gehören!"

Nachdem er mehrere Minuten schweigend gearbeitet hatte, zerriss ein überlautes Alarmsignal die Stille und Blaulicht durchzuckte die Finsternis.

„Alles klar!", brüllte Robert in die gespenstische Szene, „Wir machen uns nun auf den Weg!", und stieg ein. Im fahlen Schein der Innenraumbeleuchtung sah er, dass Roberts rechtes Auge geschwollen war.

„Kleine Auseinandersetzung, nichts von Bedeutung!", antwortete dieser auf seinen fragenden Blick.

29.

„Ab jetzt werden wir möglichst nur noch kleine Straßen befahren. Die Polizei hat, wie mir meine Leute berichten, die Lage noch nicht unter Kontrolle. Die Menschen kämpfen ums nackte Überleben. Die Informationspolitik der Regierung ist widersprüchlich. Einmal machen sie den Menschen Hoffnung auf Besserung der Gesamtsituation, dann geschieht genau das Gegenteil – und das organisierte Verbrechen nutzt die Situation brutal aus. Heute rächt sich die von der Ablehnung jeglicher Autorität getragene Staatsfeindlichkeit vergangener Tage bitter. Wenn es kritisch wurde hieß es schon immer: Not kennt kein Gebot, schlag tot, schlag tot! Und so ist es auch heute. Wir müssen uns aber nicht sorgen. Du kannst dich auf Robert verlassen. Robert ist nicht blöd und nicht am Ende! Im Gegenteil, er beginnt jetzt erst richtig!"

Langsam setzte sich ihr Fahrzeug in Bewegung. Das Außenthermometer zeigte −26° C an. Behutsam steuerte Robert den Wagen durch die Finsternis. Nach wenigen

Minuten erschienen rechts und links neben der Straße schemenhaft Gebäude, die auf der rechten Seite einer niederen Mauer wichen. Robert schaltete das Blaulicht ein, und in dessen Schein glaubte er die glatte gefrorene Oberfläche eines kleinen Sees zu erkennen. Schneller ging nun die Fahrt auf schmalen Straßen voran.

„Wir umfahren jetzt die Rade de Brest großräumig und halten nördlich davon auf die Westküste zu" erläuterte Robert. „Wir werden noch einmal tüchtig ausschlafen, denn längstens am Ende der Welt gibt es keine Pause mehr. Dort kommt es zum Schwur. Nur der Hellwache wird überleben. Du weißt, es ist nur Platz für einen von uns auf diesem Planeten, und der bin ich!"

Nach vielen Stunden, während derer sie einmal schnell, einmal langsam, dann mit und wieder ohne Blaulicht unterwegs waren, hielt Robert den Wagen an.

„Das ist ein aufgelassener Campingplatz unmittelbar an der Küste. Die Stellplätze sind zugewachsen, ein natürliches Versteck für uns. Hier bleiben wir eine Weile. Ich werde jetzt in aller Ruhe und gewissenhaft prüfen, ob der Kanal schon zugefroren ist und wir ihn eventuell mit dem Auto überqueren können."

30.

Es dauerte nicht sehr lange, bis Robert zurückkehrte.

„Das musst auch du dir einmal anschauen!", forderte er ihn auf. „Das gesamte Wattenmeer ist zugefroren und liegt spiegelglatt vor den Dünen. Ich halte hier so lange die Stellung."

Etwas unentschlossen ging er los, fand Reste eines
Zauns, der den Campingplatz in besseren Tagen wohl ab-
gegrenzt hatte. Danach wandte er sich nach rechts, wie
Robert es ihm mit auf den Weg gegeben hatte. Nach
etwa dreißig Schritten stieg das Gelände an um sich danach rasch auf Meeresniveau abzusenken. Es kam ihm
so vor, als hätte er hier früher schon mehrere Urlaube
verbracht. Rasch erreichte er die Küstenlinie. Tatsächlich: Anstelle des Wassers stieß er auf Eis. Und nun fiel
ihm auch auf, was er unbewusst vermisst hatte: das typi-
sche Rauschen des Meeres. Es herrschte Totenstille, nur
ab und an brach irgendwo da draußen Eis mit einem
fremdartigen, unheimlichen Knall. Eine ungewohnte
Welt, eine Welt, wie man sie vielleicht auf einem anderen Planeten finden würde, wenn denn die Menschheit
den Aufbruch ins All wagen würde. Finsternis, sibirische
Kälte und unter den Füßen Eis. Wie von einer unsichtba-
ren Hand gezogen schritt er hinaus auf die glatte Fläche,
die sich durch nichts, auch nicht einmal durch eine
Farbnuance von ihrer Umgebung abhob.

Farben entstehen durch das Licht, ohne Licht sind alle
Gegenstände schwarz, sinnierte er. Aber das stimmte
nicht ganz. Einen Lavastrom würde man erkennen können, weil er für uns sichtbares Licht ausstrahlte. Dass er
nichts sah lag daran, dass die Strahlung der ihn umge-
benden Körper für das unbewaffnete menschliche Auge
unsichtbar war. Bei der Besiedlung eines fremden Planeten würde man hierauf Rücksicht nehmen. Man würde
die extraterrestrischen Siedler mit Hilfsmitteln ausstat-
ten, die deren körperliche Begrenzung überwinden würden. Der Mensch jenseits seiner körperlichen

Begrenzung. Auch eine Erfolgsgeschichte, aber eine, die ihm Angst bereitete. Konnte künstliche Intelligenz Selbstbewusstsein jenseits des Menschen entwickeln? War es das, was die Binären gemeint hatten, als sie sagten, noch seien sie nicht der Menschen Herren?

Es wurde Zeit, zu Robert zurück zu kehren. Als er seine Schritte nach rechts richtete wurde ihm klar, dass er keinen Orientierungspunkt für seine Rückkehr haben würde. Er war auf seine körperliche Begrenztheit zurückgeworfen. Wie weit war er auf die Eisfläche hinausgelaufen? War er geradeaus gelaufen? Dann war es mit einer Kehrtwende getan, wenn nicht, was dann? Er spürte, wie ein mächtiges Angstgefühl Besitz von ihm ergriff. Er begann zu laufen, schneller, immer schneller. Die Atemschutzmaske hinderte ihn am Atmen, Er riss sie sich vom Gesicht und sog eiskalte, stickige Luft in seine Lungen. Bald musste die Düne erreicht sein und dann war er wieder in der Nähe von Robert und dessen Fahrzeug, das ihm fürs erste wieder Sicherheit bieten würde. Die Düne allerdings wollte nicht kommen. Offensichtlich hatte er sich verlaufen.

Müde und entkräftet sank er nieder. Sofort und erbarmungslos kroch die Kälte von unten in seinen Körper, während sie sich von oben wie ein sanfter Schleier über ihn senkte. Seine Gedanken wurden langsamer und es bereitete ihm zusehends Schwierigkeiten, sie zu kontrollieren. Sein Bewusstsein verlor erlöschend an Dimension und sein Lebenswille erlahmte. Seine Bereitschaft, sich seinem Schicksal zu ergeben, wuchs dagegen. Er sträubte sich kaum noch dagegen, in die Arme der Vorsehung zu sinken, ja beinahe sehnte er dies herbei.

Eigenartig, nie hätte er daran gedacht, eines Tages vor
der bretonischen Küste zu enden.

‚Namedy', hauchte das erlöschende Bewusstsein und sie
erschien vor seinem Auge, wunderschön anzusehen,
strahlend hell, ihm zugewandt und ein Gefühl der
Wärme spendend.

‚Ich bin's', hauchte sie, ‚so darfst du nicht gehen. Es ist
zwischen uns noch etwas anderes entstanden, als Alltäglichkeit. Gib' mir die Chance, es mit dir zu teilen. Streng'
dich an, kämpfe für dich, für mich, für unsere Kinder und
deren Kinder. Wir geben nicht auf, gerade dann nicht,
wenn es kaum noch Hoffnung auf Rettung gibt. Wir
freuen uns auf dich!'

Mit klammen Fingern griff er nach seinem Handy, schaltete es ein und entriss dem versiegenden Gedächtnis die
PIN. Die Nummer seiner Frau konnte er nicht mehr erinnern und sank, am Ende beinahe dankbar in eine tiefe
Ohnmacht.

31.

„Mein Gott, was stellst du an?", hörte er wie von weit
her eine Stimme. Langsam realisierte er seine Umgebung und erkannte Robert auf dem Sitz nebenan, der
eine Tasse mit dampfender Flüssigkeit in seinen Händen
hielt.

„Ohne das Handy hätte ich dich nie orten können. Du
wärst da draußen in wenigen Stunden erfroren. Trink'
das, es wird dir gut tun und dich aufwärmen. Nun schal-
ten wir die Handys wieder aus. Wir müssen los. So, wie
ich dich finden konnte, konnte das auch mein Gegner. Er

ist 25 und ich bin 62. Es ist nur für einen von uns Platz auf diesem Planeten. Er oder ich. Die Entscheidung fällt am Ende der Welt. Wir sind bald dort. Robert ist nicht blöd. Ihr könnt alle über ihn lachen, aber am Ende lacht er über euch!"

Langsam setzte sich das Fahrzeug in Bewegung. Zu seinem Erstaunen steuerte Robert den Wagen über die Dünen auf die Eisfläche hinaus.

„Hier wird uns keiner vermuten. Solange die Satelliten noch senden, fahren wir nach GPS. Für den Fall, dass sie abgeschaltet werden, habe ich Kompanten, ausgezeichnete Karten und ein Nachtsichtgerät."

32.

Die Fahrt über das Eis war nicht so ruhig, wie er es vermutet hatte. Im Gegenteil: Sie wurden heftig durchgeschüttelt.

„In der Nähe der Küste bricht die Eisfläche durch die Wirkung von Ebbe und Flut. Dadurch entstehen Unebenheiten!" erläuterte Robert. „Wir könnten es weiter draußen probieren, aber möglicherweise trägt das Eis dort noch nicht. Deshalb nehmen wir bis auf Weiteres lieber diese Erschütterungen in Kauf!"

„Hast du Neuigkeiten über den Yellowstone?", wollte er wissen.

„Meine Leute beim US Geological Service gehen davon aus, dass das Schlimmste vorüber ist. Aber sicher sind sie sich nicht. Sie registrieren immer noch überdurchschnittlich viele Mikrobeben. Du musst dir aber keine Sorgen machen: Ich habe noch Vorräte für Wochen, wir sind fürs Erste gut versorgt."

„Aber was geschieht, wenn die Finsternis länger anhält?", fragte er verzweifelt, „Hast du einen Plan B?

„Nein", gab Robert freimütig zu, „aber das muss uns jetzt nicht beunruhigen. Wir müssen heute nicht die Probleme von übermorgen lösen. Und wenn es soweit ist, dann sehen wir weiter."

33.

„Wenn es hell wäre, würden wir das Fischerdorf Portsall sehen. Dieser Ort hat eine traurige Berühmtheit erlangt, denn unter uns liegt die Amoco Cadiz!", erläuterte Robert. „Sie rammte nach längerer Havarie hier 1978 einen Felsen und brach danach auseinander. Das geladene Öl strömte aus und verseuchte etwa 400 Kilometer der bretonischen Küste. Es war eine schreckliche Katastrophe. Auch Jahre später noch hatte man beim Strandspaziergang bald klumpiges Öl an den Füßen. So etwas wird in Zukunft jedoch kaum noch vorkommen. Das Öl, solange es als solches überhaupt noch genutzt wird, wird bald in andere Regionen strömen. Die Menschen dort sind inzwischen mächtiger als wir. Die sitzen an den Quellen und kappen unsere Versorgungsströme. Und wenn Leute von uns das erkennen, dann setzen sie Killer auf sie an. Aber Robert ist nicht blöd. Ihr könnt alle über ihn lachen, aber am Ende lacht er über euch!"

War das wirklich so? Gewiss, die aktuelle Verknappung des Treibstoffs lag sicher an diesem Vulkanausbruch. Aber war er nicht generell knapp? Er ging doch drastisch

zu Ende und jeder, der es wissen wollte, konnte das
auch wissen. Außerdem trug dieser fossile Rohstoff erheblich zum Klimawandel bei. Deshalb wurden ja auch
Windmühlen aufgestellt und Solarzellen installiert, möglichst Vieles auf Strom als Energieträger umgestellt.
Energielieferanten, die so launisch waren, wie die Gesellschaft, die sie baute. Genau, wie stabile Lebensentwürfe
Lebensabschnittsentwürfen gewichen waren, so war
auch die Zuverlässigkeit der alten Kraftwerke erschüt-
tert, indem sie diesen neuen Anlagen wichen. War das
ein Zufall?

Und der Traum von der Speicherung des launischen
Stroms, war das nicht das Gleiche, wie der Traum von einer neuen Orientierung, von neuer, zukunftsfester Sicherheit? Doch, so war es. In der Übergangszeit von der
Welt der Erinnyen zu der der Binären oszillierte das Leben. Es würde sicher dauern, bis in der neuen Welt Ruhe
eingekehrt sein würde. Aber danach könnte man die Gewissheit haben, dass die Lebensumstände stabil sein
würden. Und so lange musste man eben durchhalten,
wenn man noch dabei sein wollte. Und er wollte noch
dabei sein. Und er würde alles daransetzen, sein Leben
in eine größere Unabhängigkeit von den äußeren Umständen zu führen. Nicht so, wie Robert, mit endlichen
Vorräten und der Hoffnung auf eine glückliche Wendung
der Ereignisse. Hoffte Robert überhaupt hierauf? Er je-
denfalls würde daran arbeiten, unabhängiger von dieser
launischen Natur zu werden, sich ihres Einflusses möglichst weit zu entziehen. Und das nicht nur für sich
selbst, sondern für die jungen Menschen, die ihr Leben

noch vor sich hatten. Und dann wäre auch der große Frieden sinnvoll genutzt. Würde er das schaffen?

34.

Die vergangenen Stunden waren sehr schweigsam verlaufen. Sie hatten eine längere Pause eingelegt und waren danach langsam weitergefahren.

„Wir sind nun vor der ‚Pointe de Corsen'. Hier werde ich dich kurz verlassen, um ein paar Auskünfte von René einzuholen. Ich glaube kaum, dass wir uns hier sorgen müssen, sei trotzdem wachsam. Es wird nicht lange dauern, und – bleibe bitte beim Wagen!" Damit entfernte er sich durch einen schmalen Felsendurchbruch, den er zuvor schemenhaft im abgeblendeten Scheinwerferlicht erkannt hatte.

Wo wollte er ansetzen, wenn diese Katastrophe vorbei war, ansetzen, um für die jungen Menschen etwas zu tun? Lange dachte er nach. Wie würde das mit den Pflanzen weiter gehen, die doch Licht brauchten, um zu produzieren. Würden sie nach dieser Katastrophe erneut austreiben. Die Produktion der Pflanzen führte zu Überschüssen und war damit die Grundlage des Lebens der Tiere und der Menschen. Und dabei waren diese Überschüsse nicht einmal so groß. Zwar beeindruckten ihn immer wieder die gigantischen Mengen an fossilen Energieträgern, die tagtäglich gehoben wurden und schlussendlich auch pflanzlicher Herkunft waren. Aber diese waren ja von der Natur über Jahrmillionen angehäuft worden. Und sie neigten sich inzwischen drastisch, denn jährlich verbrauchten die Menschen die Menge, die während eines Zeitraumes von 500.000 Jahren aufgebaut worden war. Ja, die natürlichen Grundlagen des menschlichen Lebens war schmal.

Dies galt auch für die Ernährung. Sie basiert auf wenigen Pflanzen: Getreide, Reis, Mais und Hirse. Deren Produktion durch die Bauern erfolgt zwar gegen die Natur, wirft aber, ähnlich wie bei den wilden Pflanzen, Überschüsse ab, die erst ein Leben in den Städten ermöglichen. Und in den Städten wohnten heute Menschen, die diese Zusammenhänge nicht mehr kennen und deshalb den Bauern auferlegen, nicht mehr gegen die, sondern mit der Natur zu produzieren. Und weil sie selbst viel Energie benötigen, gleichzeitig wissen, dass sich die klassischen Energieträger alsbald erschöpfen würden, fordern sie die Produktion von Agraralkohol. Und so tragen sie in ihrer Ignoranz dazu bei, dass die Lebensgrundlage der Menschheit schmaler und schmaler wird. Den wütenden Hunger sahen sie allerdings nicht – oder wollten ihn nicht sehen. Was für ein böses Erwachen, wenn die Pflanzen nach dieser Katastrophe nicht mehr austrieben. Wer würde Europa helfen? Alle die, die dieses Europa Jahrhunderte lang geknechtet hatte? Und was würde dann in den städtischen Gesellschaften abgehen? Schon heute waren dort Plünderungen, Mord und Totschlag an der Tagesordnung. Der Hunger grassierte. Die Folgen der Trennung von Produktion und Konsum schlugen sich wirkmächtig nieder. Und genau hier würde er ansetzen. Das menschliche Leben musste auch in Extremsituationen weiter gehen können. Katastrophen waren im Weltgeschehen nichts neues, und das Leben ging immer wieder weiter – und so sollte und musste es auch für die

Menschen weiter gehen. Und dazu musste jeder einen
Beitrag leisten, jetzt, morgen und allezeit.

35.

„René kann und nicht helfen. Sein Boot liegt hochgefro-
ren auf dem Eis im Hafen. Er kann auch keine Auskunft
darüber geben, wie weit das Meer zugefroren ist. Wir
sind vollkommen auf uns gestellt."

„Warum müssen wir auf die Insel? Hier ist doch auch das
Ende der Welt. Finistère! Hier geht es nicht mehr weiter.
Und übrigens: Das Ende der Welt kann überall sein, es
kommt lediglich darauf an, wo du den Anfang siehst! Im
Grunde ist das doch eine blödsinnige Frage: Wo ist das
Ende der Welt?"

„Robert ist nicht blöd und stellt keine blödsinnigen Fragen! Das Ende der Welt hat etwas mit dem Gefühl zu
tun, dem Gefühl, dass es von dort aus einer ganz anderen Anstrengung bedarf, um weiter zu kommen. Vom
Ende der Welt aus kann man nicht einfach weiter gehen,
wie bisher. Verstehst du das? Jeden Fluss kannst du mit
einem Kanu befahren, bis zur Ouessant kommst du mit
Mühe auch noch mit einem Kanu, aber nicht bis Amerika! Und deshalb ist die Insel das Ende der Welt und
nicht diese Küste. Das wusste schon der letzte Römer,
als er hier saß, und ist deshalb hier nicht sitzen geblieben. Robert will ans Ende der Welt, und das ist für ihn
heute die Insel am Ende der Welt. Wenn alle so wären,
wie du, dann hätte die Menschheit Afrika nie verlassen.
Und weil heute viel zu viele so sind wie du, wird dieser
Planet das Grab der Menschheit sein. Ich fahre jetzt los,

die Entscheidung, mit zu kommen oder hier zu bleiben, liegt bei dir!"

36.

„Wir fahren jetzt exakt 26 Kilometer weit 302°. Danach drehen wir nach links auf 212° und müssten garantiert auf die Insel treffen. Das ist die Methode des kalkulierten Irrtums, die uns Sicherheit gibt für den Fall, dass die elektronischen Navigationssysteme ausfallen. Nein, Robert ist nicht blöd, ihr könnt alle über ihn lachen, aber am Ende lacht er über euch."

Langsam fuhren sie los. Ja, er war mitgefahren. Einmal, weil er nicht alleine in dieser finsteren Kälte an der Pointe de Corsen zurückbleiben wollte, zum anderen, weil ihn der Fortgang dieses Abenteuers interessierte und weil er seinen Freund schließlich nicht alleine lassen wollte.

„Querab liegt nun die Ile Molène. Wir nähern uns der Passage du Fromveur. Hier herrscht normalerweise eine starke Strömung. Meine Leute konnten mir nicht sagen, wie es sich damit im Augenblick verhält. Wir müssen mit Allem rechnen."

„Was heißt das, mit Allem rechnen?"

„Nun, es könnte sein, dass das Meer im Bereich der Strömung nicht gefroren ist."

„Und was ist dann dein Plan B?"

Keine Antwort ist auch eine Antwort, dachte er sich und betrachtete Roberts Gesicht im schwachen Licht der Instrumentenbeleuchtung. Es spiegelte eine unnatürliche

Aufmerksamkeit und Konzentration wider. Unverwandt blickte er nach vorne in einen gleißend weißen Lichtkegel, der von den starken Scheinwerfern des Wagens ausging. Bei der Vorstellung, dass unter einer wie auch immer dicken oder dünnen Eisdecke eiskaltes Wasser lag, geriet er beinahe in Panik. Wenn das Fahrzeug einbrach war das das Ende dieses Abenteuers. Selbst wenn sie sich irgendwie retten konnten, wie sollten sie zurück in die Zivilisation finden? Vorwürfe begannen an ihm zu nagen. Warum um alles in der Welt war er von zu Hause aufgebrochen? Wie wichtig wäre es, dass er sich gerade jetzt um seine Frau und seine Kinder kümmern könnte. In einer Zeit, in der es um Alles ging und in der Fähigkeiten gefragt waren, über die seine Kinder nicht verfügten, nicht verfügten, weil weder er noch andere sie ihnen vermittelt hatten. Und warum hatten sie diese Fähigkeiten nicht vermittelt? Weil sie der Illusion des gedankenlosen Lebens der Postmoderne verfallen waren.

Robert verzögerte das Fahrzeug. Irgendetwas musste ihm aufgefallen sein. Und da, am Ende des Lichtkegels sah auch er einen dunklen Strich. Offenes Wasser?

„Das war zu befürchten, da vorne haben wir offenes Wasser!", murmelte Robert und hielt das Fahrzeug an. „Das werde ich mir einmal genauer anschauen! Bleib' du so lange im Wagen" sprach's, griff nach einer starken Taschenlampe und entfernte sich Richtung Wasser.

Gedankenverloren blickte er im Kreis – und da sah er sie wieder: Voraus, in Richtung des offenen Wassers, die Erinnyen, Richtung Festland die Binären. Vertraut kamen die Erinnyen auf ihn zu, und ihre Anwesenheit beruhigte ihn wieder auf diese seltsame Weise.

‚Wir werden diese Welt bald verlassen. Die Binären haben Recht. Alles hat seine Zeit, und wir hatten die unsere. Du bleibst zurück, das ist dein Schicksal, und das war schon immer das Schicksal der Menschen in Zeitenwenden. Das Leben geht weiter, so wie immer, bis es eines Tages vielleicht nicht mehr weiter geht. Du weißt das. Deine Aufgabe ist es, dafür zu sorgen, dass es jetzt weiter gehen kann. Das ist keine wirklich neue Aufgabe. Alle Menschen mussten sich dieser Aufgabe stellen. Bis heute haben sie es erfolgreich getan. Lediglich ihr, denen es nach dem Ende eines entsetzlichen Krieges zu gut ging, ihr glaubtet, euch zurücklehnen zu können. Ihr seid nun eines Besseren belehrt – nutzt eure Chance, es ist möglicherweise eure letzte. Unsere Hoffnungen ruhen auch auf dir. Begleite uns nun noch bis ans Ende unserer Welt.'

Langsam setzte sich ihr Zug in Bewegung. Während er noch nachdachte, wie er ihnen folgen könnte, öffnete Robert die Wagentür. Schneidende Kälte drang herein.

„Die Rinne ist nicht breit, wir werden sie überfahren" sagte er zum Erstaunen seines Partners. „Wir nehmen einen langen Anlauf. Die Reifen meines Wagens sind sehr breit und haben ein hervorragendes Profil. Sie werden, wenn ich nur genug Gas gebe, hinreichenden Auf- und Vortrieb erzeugen, bis wir auf der anderen Seite wieder tragfähiges Eis unter den Rädern haben werden."

Auf seine heftige Ablehnung dieses Vorhabens antwortete Robert barsch:

„Ich habe dir schon einmal anheimgestellt, zurück zu bleiben. Ich habe mich schon lange entschieden, nicht umzukehren. Mein Ziel liegt da vorne, und ich werde es erreichen. Ich gebe nicht bei jeder kleinen Schwierigkeit auf. Wie gesagt: wenn alle so wären, wie du, wäre dann Amerika entdeckt worden? Oder Australien? Wäre jemals jemand zur Arktis vorgedrungen? Ich habe dir doch erklärt, wie das funktionieren wird. Und wenn es nicht funktioniert, dann sehen wir weiter. Der Wagen wird nicht gleich unter gehen. Wir können ihn immer noch über das Dachfenster verlassen. Ich habe noch eine kleine Rettungsinsel hinten, die wird im Zweifel auch zwei Personen tragen – und jetzt schnall' dich an, es geht los!"

Robert setzte eine Strecke, die ihm unendlich lang vorkam, zurück. Nach einiger Zeit, die ihm wie eine Ewigkeit vorgekommen war, hielt er an.

„Jetzt wird's ernst!", sagte er. „Wir beschleunigen auf Höchstgeschwindigkeit, das wird reichen, um über die offene Meeresstrecke zu kommen. Wir fahren mit Standlicht, denn das große Licht zieht Leistung, auf die wir nicht verzichten können."

Der Wagen setzte sich in Bewegung. Bläulich-weiß schimmerte das Eis vor der Motorhaube. Wenn da nicht der Tachometer die zunehmende Geschwindigkeit angezeigt hätte, hätte man meinen können, zu stehen. Beim Blick zum Horizont sah er sie wieder, seine Erinnyen, nicht voraus, sondern deutlich nach links abgesetzt. ‚Begleite uns noch bis ans Ende der Welt.', hatten sie ihm gesagt.

„Halte deutlich nach links!" hörte er sich sprechen. „Ich habe deine Entscheidungen immer respektiert, dieses eine Mal höre auf mich!"

Und Robert tat, wie ihm geheißen. Mit hoher Geschwindigkeit flogen sie auf die Erinnyen zu. Das Weiß vor dem Fahrzeug wich einem tiefen Schwarz. Der Motor heulte auf.

„Wir fahren auf dem Wasser!", rief Robert, „jetzt geht es um Alles oder Nichts!" Während das Fahrzeug unmerklich zu nicken begann änderte es gleichzeitig den Kurs nach rechts. Schon waren die Erinnyen nur noch am Rande der Windschutzscheibe zu sehen. Die Nickbewegungen wurden immer stärker.

„Ich kann den Wagen mehr lange halten!", rief Robert. „Wenn das so weiter geht, werden wir zu langsam. Mach' dich bereit zum Aussteigen!" In diesem Moment spürten sie einen heftigen Schlag unter den Vorderrädern. Die Frontpartie bäumte sich jäh auf und schlug erneut hart auf. Langsam stabilisierte sich das Fahrzeug. Und wieder flammten, nun schon im linken Seitenfenster die Erinnyen auf.

„Halte nach links und beschleunige so stark es geht!", rief er Robert mit sich überschlagender Stimme zu. Und schon tauchte vor ihnen eine weitere, schwarze Fahrrinne auf, deren Querung Robert sein gesamtes fahrerische Geschick abforderte. Als auch diese hinter ihnen lag fuhr Robert mit noch immer hoher Geschwindigkeit weiter.

„Wir nähern uns der Insel, dort ist das Eis tragfähiger. Gut, dass du mir die Kurskorrekturen zugerufen hast.

Ohne sie wären wir parallel zur Strömungsrichtung abgedreht und säßen vermutlich inzwischen in der Rettungsinsel."

37.

„26 Kilometer! Jetzt gehen wir auf den neuen Kurs: 212°." Es dauerte nicht lange und sie erkannten im Scheinwerferlicht ein Felsmassiv.

„Das müsste die Ile de Keller sein", meinte Robert. „Wir umfahren jetzt die nordöstliche Seite der Insel und gehen an der Baie du Stiff an Land."

Unnatürlich ruhig und konzentriert steuerte Robert das Fahrzeug die Küste entlang. War das schon die Ruhe vor dem Sturm, vor der endgültigen Auseinandersetzung? Was würde danach geschehen? Wie würde es weiter gehen? Mit Robert oder ohne ihn? Plötzlich wurde ihm klar, wie sehr er sich diesem Menschen anvertraut hatte. Auf sich alleine gestellt musste er völlig neue Verbindungen eingehen, und das in einem alles in allem fremden Land und im Wesentlichen mittellos. Robert war zweifelsohne krank, sehr krank. Nicht oder nicht allein wegen dieser Darmgeschichte, nein: Er hatte offensichtlich erhebliche psychische Probleme, litt vielleicht unter einer Persönlichkeitsspaltung. Umso bemerkenswerter, dass er in der Lage war, ein im Chaos versunkenes Land ohne größere Probleme zu durchqueren, Hindernisse, ob klein oder groß, wie die gerade zurückliegenden, mit einem beängstigend sicheren Instinkt zu überwinden, während ungezählte andere Menschen, die vollständig gesund und bei Sinnen waren, in diesem Chaos ihr Leben ließen.

Musste man, mit Verlaub, verrückt sein, um in solchen
Zeiten zu überleben?

Unbemerkt waren sie über die Embarcadère auf die Insel
gefahren.

„Wir parken den Wagen vor der Pointe de Pern. Dort in
den Felsen werde ich ihn treffen und dann entscheidet
sich, wer von uns beiden überlebt. Nach meinem letzten
Coup gibt es kein Zurück. Er oder ich!"

Einen Moment lang huschten Häuserfassaden an den
Seitenfenstern vorbei.

„Lampaul", erläuterte Robert.

Danach ging es auf einer schmalen Straße weiter bis zu
einer kleinen Kapelle. Hier parkte Robert den Wagen.

„Die Reise hat mich sehr angestrengt. Würdest du bitte
einen der beiden Koffer tragen? Ich möchte sie nicht im
Wagen lassen. Wir gehen noch einige hundert Meter
westwärts. Dort wartest du dann auf mich, denn ich
werde die Angelegenheit alleine erledigen, von Mann zu
Mann."

Nach etwa zehn Minuten, während derer sie schweigend
durch die Finsternis gegangen waren, forderte Robert
ihn auf, an dieser Stelle auf ihn zu warten.

„Am besten verhältst du dich still und verlasse diesen
Ort auf keinen Fall. Hier bist du einigermaßen sicher.
Und pass' gut auf diesen Koffer auf. Den anderen be-
halte ich bei mir. Ich mache mich jetzt auf den Weg."

Zu seiner großen Überraschung spürte er eine heftige
Umarmung. Robert drückte ihn fest an sich und murmelte mit erstickender Stimme: „Adieu!"

38.

Warten! Warten in schwierigen und ungewissen Situationen. Wie oft mochten Menschen gewartet haben. Gewartet in Vorfreude auf ein schönes Ereignis, mit Sehnsucht oder mit Sorge. Und wie veränderten sich die Gefühle beim Warten! Immer dann, wenn das erwartete auf sich warten lässt, schleicht sich Sorge in die Gefühle, dann Angst und am Ende, wenn es unglücklich verläuft, Trauer. Es gab aber auch die andere Situation, in der das Warten Hoffnung weckt und sich schließlich in Freude und Glück auflöst.

Schwer lag der Koffer auf seinen Oberschenkeln. Er kühlte zusehends aus, weshalb er ihn neben sich auf dem Boden abstellte. Was er wohl barg? Bargeld, Wertpapiere, ein paar Metallbarren, vielleicht Gold oder Platin? Er würde es wohl nie erfahren.

Das Ende der Welt. Warum hatten eigentlich die Menschen in grauer Vorzeit Afrika verlassen? Dort hatten sie doch ideale Lebensverhältnisse vorgefunden. Wärme, Nahrung und hinreichend Sicherheit, um das Leben von Generation zu Generation weiter zu geben. Vermutlich waren die Umstände doch nicht immer so ideal – und wenn es eng wurde, hatten sich die Menschen auf den Weg gemacht, um weitere Lebensräume zu erschließen. Wenn es eng wurde – ja, das musste wohl so gewesen sein.

‚Wenn die Menschen glücklich sind, werden allenfalls die Götter neidisch – ansonsten passiert nicht viel‘, sinnierte er. Und so waren sie bis nach Grönland gekommen. Erstaunlich, wenn man das Leben im tropischen

Regenwald mit dem in Grönland verglich. Letzteres auf
sich zu nehmen und erfolgreich zu gestalten sprach doch
dafür, dass dem Menschen eine unbändige Unruhe gepaart mit einem gewaltigen Überlebenswillen inne-
wohnte – und das schon von Beginn an. Auch an der aktuellen, katastrophalen Situation, so wurde ihm bewusst, würde die Menschheit nicht scheitern. Vielmehr
konnte sie der Impuls sein, aus dem ungenutzten großen
Frieden den Aufbruch in eine neue Zukunft zu wagen.

Zwei Schüsse zerrissen die Ruhe der Finsternis.

Er drohte in der jähen Stille danach zu versinken. Tau-
send Gedanken jagten durch sein Gehirn. Was war geschehen, war Robert getroffen, sollte er nach ihm suchen, ihm helfen, wie auch Robert ihm geholfen hatte,
zurück in die Geborgenheit des Wagens zu finden? Er beschloss, zunächst noch etwas zuzuwarten.

39.

Während er wartend an seinem Platz verharrte, nahm er
im Osten einen leichten Lichtschimmer wahr. Die Erinnyen! Aber es war mehr als das. Atemlos erkannte er in
einer Wolkenlücke leuchtende Sterne. Die Sterne waren
zurück! Mit Übermacht ergriff ihn ein wunderbares Gefühl der Zuversicht. Nun musste alles wieder gut werden. Eine mächtige Wolkenflanke erstreckte sich von der
Insel ausgehend aufs Meer und an ihrer Flanke zogen die
Erinnyen himmelwärts. Hoch oben erstrahlten sie im
Licht der aufgehenden Sonne und neigten sich ihm vielleicht ein letztes Mal zu.

*‚Bewahrt das Wesentliche eurer Vergangenheit und ge-
staltet eure Zukunft. Greift nach den Sternen, und wenn
ihr dabei den Boden unter den Füßen verliert, dann sucht
einen anderen, der euch besser trägt!'*

Das heller werdende Licht schmerzte in seinen Augen.
Erleichtert fand er in der Brusttasche seines Anorak eine
Sonnenbrille. Mit Tränen in den Augen blickte er über
die Insel und die Eisfläche, die das Meer bedeckte. Aus
Richtung Lampaul fuhr ein schwarzes Geländefahrzeug
in schneller Fahrt Richtung Westen. Robert?

40.

Er hatte nicht lange gebraucht, um das Zahlenschloss
des Koffers zu öffnen. 241248 war die Kombination. Ein
Zufall?

Zögernd öffnete er den Deckel und traute seinen Augen
nicht. Er erblickte ungezählte Tarot-Spiele, alle in unge-
öffneten Originalverpackungen und akkurat gestapelt.

Es würde ein weiter Weg nach Hause sein. Den Koffer
würde er mitsamt seines Inhaltes mitnehmen, als Ver-
mächtnis dieses geheimnisvollen Mannes. Es würde ein
Weg zurück nach Namedy sein.

Namedy, ja, das klang anders, geheimnisvoll, von weit
her – vielleicht von Belgien oder Schweden. Namedy, damit war für ihn auch viel Sonne in einem tiefblauen Himmel verbunden, genauso wie der Mond in einer silberhellen Nacht über einer stillen Waldlichtung mit einem
See, aus dem leise weißer Nebel empor stieg. Namedy,
das waren für ihn die Sterne, die freundlichen Begleiter
seiner Sehnsüchte. Namedy, das war für ihn grün, ein

helles, sanftes Grün, das sich am Horizont mit einem milchig blauen Himmel vereint, die Grenzlinie kaum wahrnehmbar. Namedy, das war auch Sehnsucht, Sehnsucht nach der Zeit hinter dem Horizont, dem Leben und dem Sein dahinter. Namedy, das war für ihn auch Kraft, unterirdische, glühende Kraft, die sich in gewaltigen Eruptionen Bahn brach. Namedy, das war auch das Symbol für einen Aufbruch, für seinen Ausbruch aus seiner Alltäglichkeit, aus diesem lähmenden, grauen Einerlei von morgens bis abends und von abends bis morgens.

Namedy ...

41.

Er war noch nicht nach Hause aufgebrochen. In einem kleinen Hotel hatte er den Heiligen Abend verbracht. In der Erleichterung über das Ende der Naturkatastrophe war unter den Inselbewohnern ein gelöstes, freundliches Klima entstanden, das sogar ihn, den Fremden, mit einschloss. Gleichwohl spürte er, dass es eine andere, doch oberflächlichere Art der Zuneigung war, die ihm angetragen wurde. Es war wohl sehr schwer, einer der ihren zu werden.

Vor vielen Jahren hatte er davon geträumt, sich hier ein Häuschen zu kaufen. Manchmal hatte er, eher im Spaß, aber dennoch, davon gesprochen, die Ile de Keller erwerben zu wollen – zumindest dies mit aller Entschlossenheit zu betreiben. Es war ein Traum geblieben, und heute war das Zeitfenster geschlossen. Am Ende ist alles gut so, wie es ist, oder sollte es zumindest sein.

Die Ereignisse der letzten Wochen hatte er sich immer wieder ins Gedächtnis zurückgerufen. Und jedes Mal peitschten die beiden Schüsse aufs Neue durch seine Erinnerung. Wer hatte geschossen? Robert oder der geheimnisvolle Fremde. War jemand getroffen worden, und wer saß am Steuer des Geländewagens, als dieser übers Eis gen Nordwesten fuhr? Und: wo endete diese verwegene Fahrt? In den Fluten des offenen Meeres, auf einer Felseninsel vor der Küste, oder kehrte der Fahrer vernünftigerweise um und kam zur Insel oder sogar zum Festland zurück? Und schließlich: Wo war derjenige, der auf der Insel zurückgeblieben war?

Bewegt von diesen Fragen, trieb es ihn erneut zum Platz des damaligen Geschehens. Immer wieder hatte er in den vergangenen Tagen nach Spuren der Auseinandersetzung an der Pointe de Pern gesucht und dabei nichts Nennenswertes gefunden. Heute unterließ er eine weitere Suche, setzte sich stattdessen auf einen Stein und blickte nach Westen, wo die Sonne schon tief stand. Roberts Koffer, den er stets in seiner Obhut behielt, stellte er neben sich ab.

Zunächst hielt er es für eine Täuschung seiner Sinne, vielleicht hervorgerufen durch die ihn blendende Sonne, dann war jedoch kein Zweifel mehr möglich. Übers Eis, dem Sonnenstrahl folgend, näherte sich ein schweres Fahrzeug rasch der Insel. Bange Fragen stellten sich: War das Roberts Fahrzeug? Wenn ja: wer saß am Steuer? Robert oder der Fremde? Und falls es Letzterer war, hatte er von diesem etwas zu befürchten?

In rascher Fahrt verschwand der Wagen Richtung Lampaul hinter den bizarren Felsen. Innerlich aufgewühlt, versuchte er, einen Entschluss zu fassen. Sollte er hierbleiben oder zurück zum Hauptort der Insel in der Hoffnung gehen, Näheres über das Fahrzeug und seinen Fahrer zu erfahren?

Einer Entscheidung wurde er bald enthoben. Immer lauter werdend hörte er das Mahlen grober Reifen auf der unbefestigten Inselstraße, bis ein Geländewagen mit blockierenden Reifen neben der hinter ihm liegenden Ruine zum Stillstand kam. Wie sah das Fahrzeug aus! Unzählige Beulen säumten die Karosserie, der linke Kotflügel war eingedrückt und beide Stoßfänger tüchtig verbogen.

Langsam öffnete sich die Tür, und er erkannte Robert. Dieser war von den vergangenen Ereignissen sehr gezeichnet. Seine Augen lagen tief in ihren Höhlen, umringt von schwarzen Schatten, die Wangen eingefallen. Mit schweren Schritten erklomm er den kleinen Hügel.

„Hallo!", sagte er und versuchte, dabei zu lächeln. Wortlos fielen sie sich in die Arme.

„Er hat versucht, auf mich zu schießen, jedoch nicht getroffen. Ich konnte ihn niederschlagen, habe ihm weitere wichtige Unterlagen abgenommen und bin dann geflohen. Eigentlich wollte ich nach Lands End. Das Meer war jedoch bei Weitem nicht so zugefroren, wie ich das erhofft hatte. Zurück zu kehren hat mir das Äußerste abverlangt und meinem Fahrzeug ebenso."

Robert setzte sich auf einen Stein und schloss die Augen. Lange saß er so da.

„Hast du meinen Koffer noch? Hast du ihn geöffnet?" Ohne eine Antwort abzuwarten, fuhr er fort. „Die

Spielkarten sind unbezahlbar – nicht so, wie du denkst, anders eben. Gib' ihn mir bitte. Ich muss die Dinge beieinander behalten, ansonsten erreiche ich mein Ziel nicht."

Behutsam verstaute er den Koffer im Heck seines Wagens und schloss die Tür.

42.

Ohne ein Wort stiegen sie in das Fahrzeug ein. Beinahe liebevoll streichelte Robert über das Lenkrad, und ein dankbares Lächeln huschte über sein gezeichnetes Gesicht. Er startete den Motor und setzte den Wagen behutsam in Bewegung. Schweigend folgten sie der Inselstraße und erreichten bald Lampaul. Robert schaute ihn fragend an. Er nickte bestätigend. Gegenüber dem Hotel ,La Duchesse Anne' parkte Robert den Wagen, und gleich danach betraten sie den Speisesaal desselben.

„Ich möchte das Fahrzeug immer sehen", bat Robert. „Es ist vorerst noch unsere Lebensversicherung."

Sie wählten einen Platz am Fenster mit Blick über den Parkplatz auf das Meer.

Gleißend hell lag die Eisfläche vor ihnen. Weit draußen, dort wo Meer und Himmel sich zu berühren schienen, glaubte man, die Erdkrümmung erkennen zu können. Wie ein ganz flacher Bogen durchmaß die Linie am Horizont das Gesichtsfeld. Ein seltsames Gefühl des Ausgeliefert-Seins ergriff beide. Diese Welt da draußen war so unerbittlich feindlich. Der Mensch war fremd und gefährdet darin, wurde sich rasch der Zerbrechlichkeit seines Lebens bewusst. Das grelle Licht und die Kälte

engten alle Gedanken ein, zwängten sie in einen schmalen Rahmen, einen Rahmen, in dem die Angst zu Hause
war gepaart mit dem Wunsch, zu überleben, der jedoch
wiederum der Verzweiflung und Resignation wich. Darf
man in einer solchen Situation das Leben vorzeitig aufgeben, aufgeben, um zu erwartendem großem Schmerz
und Leid zu entrinnen? Oder heißt Mensch-Sein das Leben so lange wie überhaupt nur denkbar zu erhalten, zu
erhalten, um den Lebenswillen zu dokumentieren und
die Botschaft in die Welt zu rufen: ‚Noch sind wir da!'?

„Weißt du", begann Robert das Gespräch, „ich wollte
einfach weiter fahren ans Ende der Welt. Zuerst dachte
ich, das sei hier, in Finistère – und in gewisser Weise war
es das ja auch. Aber das Eis hat mir neue Möglichkeiten
angeboten, die Frage neu aufgeworfen: ‚Wo ist das Ende
der Welt?' Und so bin ich nach der Auseinandersetzung
mit meinem Verfolger einfach weitergefahren. Eigen-
tümlich: Ohne ihn wäre ich nicht auf diese Reise gegangen und gleichwohl wollte ich ihn abschütteln. Wenn das
Eis erst einmal geschmolzen wäre, würde man meiner
Fährte nicht mehr folgen können – so dachte ich mir.
Das neue Ende der Welt konnte ich jedoch mit meinen
Mitteln nicht mehr erreichen. Das Eis auf dem offenen
Meer wurde dünn und brüchig. Es hat mich alles gekostet, lebend zurückzukommen.

Wir sind Zeugen einer gewaltigen Veränderung in der
Natur, in der unbelebten Natur zuerst. Die in der Erde
schlummernden Gewalten haben sich geräuspert, nicht
mehr, aber auch nicht weniger. Bereits dem haben wir
Menschen kaum etwas entgegenzusetzen. Wir können
dem Grunde nach nur in irgendeiner Weise damit

umgehen. Zur Stunde können wir ja nicht einmal wirklich fliehen. Es ist die Materie, die nach dem Anfang entstand, die sich über viele Jahrmilliarden entwickelt hat, bis ihr unser Leben entsprang. Viele Himmelskörper verharren jedoch in der unbelebten Form und gehorchen ausschließlich den Gesetzen der materiellen Entwicklung. Materie ist das, was wir dort wahrnehmen. Nachdem sich auf den uns bekannten Himmelskörpern kein Leben in unserem Sinne entwickelt hat, frage ich mich, ob wir Menschen diese eine Stufe überspringen könnten. Könnten wir, getragen von unserem Verstand, Himmelskörper besiedeln und mit unserer irdischen Natur befruchten? Vielleicht ginge dies sehr gut mit veränderten und damit besser angepassten Pflanzen und Tieren? Könnten wir diese erzeugen? Bräuchten wir die überhaupt? All' das ging mir durch den Kopf, als ich den Naturgewalten in dieser Eiswüste ausgeliefert war. Und eine große Sehnsucht erfasste mich. Gerne würde ich zu so einem Planeten aufbrechen und mich dort einnischen. Das wäre sicher gefährlich und könnte früh tödlich enden. Andererseits würde es Chancen für uns Menschen eröffnen, wozu ich beitragen könnte. Und so etwas ist am Ende auch ein Menschenleben wert."

Robert verstummte. Langsam rührte er seinen Kaffee um und trank ihn Schluck für Schluck. Er schien in seinen Gedanken weit weg vom Hier und Jetzt, durchlebte vielleicht noch einmal die Stunden auf dem Eis oder versuchte, seine Gedanken zu ordnen.

Die unbelebte Welt entwickelt sich. Dieser Prozess ist so unendlich langsam, dass er in den Zeiteinheiten der menschlichen Alltäglichkeit kaum wahrgenommen wird, allenfalls ausnahmsweise, wie bei dem Vulkanausbruch dieser Tage oder ähnlich mächtigen Naturereignissen. Und doch findet er statt, und man muss jederzeit mit einem außergewöhnlichen Ereignis rechnen. Dem Grunde nach handelt es sich um eine Evolution, um eine materielle Evolution. So betrachtet waren die Störungen vergleichbar mit Mutationen im genetischen Bereich. Von Bedeutung war, dass alle Lebewesen mit diesen Vorgängen umgehen mussten, ob sie wollten oder nicht.

Mussten sie es wirklich? Konnte nicht vielleicht der Mensch einen Ausweg finden, sich dieser materiellen Evolution entziehen? Warum war er eigentlich der Einstellung, alleine diesem einen Planeten ausgeliefert zu sein, so verhaftet? Und dies, obwohl sie ihn erst durch ein Foto aus dem All wirklich schätzen und lieben gelernt hatten. Das lag sicher daran, dass diese unbelebte Natur, dieser ungeheure Kosmos, so groß war, dass menschliches Handlungsvermögen dagegen mehr als unbedeutsam erschien. Mehr noch: zwischen den Menschen und einem besiedelbaren Himmelskörper fehlte jeglicher Trittstein, insbesondere der Trittstein der belebten Natur. Und so konnte und durfte es nicht verwundern, dass viele Menschen den Weg in den Raum für nicht gangbar hielten, und wenn er es denn wäre, vermutlich nicht beschreiten würden.

Wozu sollte das auch gut sein? Bei emotionsloser Betrachtung musste man nach heutiger Kenntnis zu dem Ergebnis kommen, dass sich die Sonne einst aufblähen und alles Leben auf den sonnennäheren Planeten, auch der Erde, verbrennen würde. Also wozu aufbrechen?

Zwei Gründe fielen ihm ein. Zum einen spielten hier die unterschiedlichen Zeitmaßstäbe, die der materiellen Entwicklung und die des Menschen, letzterem einen Streich. Bis dahin war es noch sehr, sehr lange und diese Aussicht konnte vernünftigerweise heutiges Handeln nicht wesentlich beeinflussen, zumal nicht ausgemacht war, dass die Menschen bis dahin das hiesige Sonnensystem vielleicht verlassen hatten. Zum anderen musste man jederzeit mit existenzbedrohenden Ereignissen aus der unbelebten und belebten Natur rechnen, denen sich zumindest ein Teil der Menschheit durch die Besiedlung anderer Planeten entziehen konnte.

„Warum hängen wir so am Leben?", murmelte Robert. „Mitunter wollte ich draußen auf dem Meer einfach aufgeben, loslassen. Ich habe weder Frau noch Kind und trotzdem will ich leben, so unbedingt leben. Was habe ich nicht alles ertragen, erstritten, erkämpft, um weiter zu leben. Ich habe eine Mission, die ich erfüllen will, deshalb muss, muss, muss ich noch weiterleben."

Die Vorspeise wurde aufgetragen.

43.

„Hast du ihn gesehen? Ich meine, den Fremden?" fragte Robert.

Er schüttelte den Kopf. Nein, er hatte ihn nicht gesehen. Er hatte ihn jedoch auch nicht aktiv gesucht. Allerdings hatte er sich des Öfteren gefragt, wo dieser geblieben sein mochte. So groß war die Insel nicht, dass man sich nicht binnen weniger Tage über den Weg laufen musste.

„Wir haben jeder für sich ein großes Ziel", fuhr Robert fort, „aber nur einer von uns kann es erreichen. Dabei bin ich mir nicht ganz sicher, ob hinter ihm nicht eine weitere Person steht. Es ist wirklich ein großes Ziel, ein weites Ziel, ein Ziel, das alle unsere Kräfte fordern wird. Du fragst Dich sicher, was es mit diesen Koffern und den Sachen darin auf sich hat? Das kann ich dir heute noch nicht sagen, obwohl du ja schon einen geöffnet hast. Vielleicht sage ich dir das eines Tages, das kommt ganz auf dich an. Robert ist nicht blöd! Er muss dich noch besser kennenlernen, bevor er dir seine Geheimnisse anvertraut."

Schweigend aßen sie ihre ‚Terrine de Campagne Maison aux Pruneaux'.

„Weißt du", hub Robert erneut an, „ich würde gerne einmal sehen, wie die Sonne mittags über einem anderen Planeten steht. Vielleicht dem Mars. Ich würde gerne über den Mars wandern und fühlen, wie groß die Distanz zwischen der Materie und mir als Menschen ist. Weißt du, Mensch minus Mars müsste so etwas wie unsere belebte Natur sein oder ist das Blödsinn? Robert ist nicht blöd! Vielleicht ist auch Mensch minus Mars nicht belebte Natur sondern Mars plus Mensch mehr belebte Natur. Ich weiß es nicht. Aber stell' dir vor, ein Mensch wäre einmal dort gewesen und rasch wieder gegangen. Gleichwohl hätte er etwas dort zurückgelassen – und wenn es lediglich ein Bakterium, ein Virus oder ein Pilz gewesen wäre. Und stell' dir vor, dieses Wesen hätte dort Fuß fassen können, und es wäre viel Zeit vergangen! Man könnte dann unter ganz anderen Umständen zurückkehren. Vielleicht sollte die Menschheit dazu übergehen, Planeten mit einfachen Lebensformen zu impfen! Ich für meinen Teil kann so lange natürlich nicht warten. Ich will das auch nicht. Ich möchte auf einem solchen Planeten wandern und die pure Materie spüren."

44.

„Lass' das Essen stehen!", forderte Robert ihn plötzlich auf. „Wir müssen weg von hier, ich habe kein gutes Gefühl. Er ist in der Nähe!"

Rasch legte er einen Geldschein auf den Tisch und eilte zum Fahrzeug.

„Wie willst du die Insel verlassen?", fragte er. „Das Meer ist noch voller Eisschollen und es verkehren hier sowieso keine Autofähren!"

„Auf dem Flugplatz ist ein Transportflugzeug der französischen Armee. Die werden uns auf einem Versorgungsflug mit auf das Festland nehmen."

Problemlos startete der Motor, und sie fuhren zum Flughafen der Insel.

„Während ich verhandle, sicherst du das Fahrzeug", forderte Robert ihn auf und verschwand im Luftaufsichtsgebäude.

Er setzte sich auf einen Stein nahe des Wagens und versank in Gedanken. Was sollte er tun? Irgendwie nach Hause fahren und hoffen, dort endlich eine, seine Namedy zu treffen? Oder sollte er diesen eigenartigen Menschen begleiten, begleiten auf dem Weg nach Irgendwohin oder Nirgendwohin? Was trieb Robert um?

Die Geschichte mit dem Mars war absurd. Niemand konnte zur Zeit dorthin aufbrechen und vermutlich wollte auch nahezu niemand dauerhaft dorthin. Warum die Erde verlassen? Vielleicht, weil man hier alles in allem auf dünnem Eis lebte, und die Gefahr des Untergangs der Menschheit, wie man gerade erfahren hatte, durchaus gegeben war? War sie geringer, wenn es einen Außenposten gab? Warum sollte die Menschheit überhaupt um jeden Preis fortbestehen? Wenn sie erloschen war, dann war es ihr doch nicht anders ergangen, als ungezählten anderen Arten vor ihr.

‚Die Welt ist anders geworden!‘, hörte er es raunen. ‚Sie gehört bald uns. Der Vulkan hat sie von den Erinnyen befreit. Vorbei mit der Natur- und Gefühlsduselei. Ab heute beginnen wir, die Eigner der Rationalität, Imagination und Transparenz, zu herrschen. Wir werden unser filigranes Netz über dieses Universum spannen und darin Räume schaffen, in denen es sich herrlich leben lässt, in denen kein Wunsch unerfüllt bleibt. Entlang der Fäden unseres Netzes werden zunächst die Menschen ihre Wirklichkeit konstruieren, so wie sie früher Häuser entwarfen, heute einfach so, ohne großen Aufwand und Mühen. Wir werden sie so eng einbinden, dass wir ihnen unsere Wünsche als die ihren andienen können, und sie werden uns willig zur Verfügung stehen!‘

„Du solltest doch den Wagen sichern! Was träumst du bloß vor dich hin?", polterte Robert und wandte sich rasch dem Fahrzeug zu.

„Gott sei Dank, er hat uns noch nicht gefunden. Das hätte schlimm ausgehen können. Komm, wir müssen uns noch einige Stunden verbergen, dann können wir mit der Transall zum Festland fliegen."

45.

„Wir gehen zur ‚Chapelle Notre-Dame de Bonne
Espérance'", schlug Robert vor. „Da sind wir sicher."

Dort angekommen, zog sich Robert in die Kapelle zurück
und versank in tiefes Nachdenken.

Er störte ihn nicht. Im Gegenteil, auch er hatte das Be-
dürfnis, seinen Geist sinken zu lassen, tief in sich selbst
hineinzuhorchen. Wer war er eigentlich? Er änderte sich
von Sekunde zu Sekunde, die Reaktion auf die vielen Ereignisse entwickelten seine Persönlichkeit weiter. Er war
nicht mehr der, der vor Wochen sein Haus, sein trautes
Heim, seine Familie verlassen hatte. Wohin würde ihn
diese Entwicklung führen? Zu mehr Zweifeln oder gar
Verzweiflung oder zu Zuversicht und Erkenntnis? Er
hoffte, dass Letzteres eintreten würde. Er sehnte sich
nach Erkenntnis, solcher Erkenntnis, die ihm helfen
würde, sinnvoll zu leben.

„Irgendetwas stimmt hier nicht, die ganze Zeit schon!",
murmelte Robert. „Er ist uns immer auf den Fersen, und
ich vermute, er ist auch in diesem Augenblick in der
Nähe. Wir hinterlassen eine Fährte, die er oder seine
Hintermänner lesen können. Das kann nur eine digitale
Spur sein. Hänsel und Gretels Brotkrumen sind heute die
Bits und Bytes, die Kreditkarten, Mobiltelefone und Na-
vis hinterlassen. Ja, das ist es, das muss es sein. Aber
nicht mit Robert! Robert ist nicht blöd. Ihr könnt alle
über ihn lachen, aber am Ende lacht er über euch!"

Stunden später, es war schon dunkel, kehrten sie zum
Flughafen zurück.

„Gib' mir alles, was mit dem Netz in Verbindung stehen könnte. Ich bewahre es sicher auf. Wir müssen darin unsichtbar werden. Auch deine Scheckkarte. Wenn du damit Geld abhebst, kann deine Frau deine Spur aufnehmen. Da sie dich sicher schon vermisst, wird sie bereits eine Anzeige aufgegeben haben. Neben ihre Aufmerksamkeit tritt dann die der Polizei, und schon bald entsteht ein weiteres Netz, das uns leicht zum Verhängnis werden kann. Mich kennt niemand und mich vermisst auch niemand. Trotzdem werde auch ich keine Bankgeschäfte mehr machen. Ich habe für die nächsten Wochen noch genug Mittel."

„Wohin willst du denn gehen?", fragte er.

„Ich befürchte, ich muss die Zentrale finden. Selbst wenn ich unseren Verfolger abschüttele oder liquidiere – sie werden einen neuen schicken. Ich weiß zu viel. Und nun komm! Wir helfen, das Fahrzeug zu verladen."

Robert verstaute ihre Sachen im Wagen. Alles, was elektronische Spuren erzeugen konnte, war nun mit Ausnahme der Kreditkarten und Handys in dem Fahrzeug.

„Können wir in unserem Auto bleiben?", fragte er den Piloten. Dieser nickte etwas unentschlossen und wandte sich dem Cockpit zu. In diesem Moment drückte Robert ihm einen Koffer in die Hand während er nach dem anderen griff und zog ihn über die sich schließende Ladeluke ins Freie.

„Was soll denn das?", keuchte er überrascht und beobachtete, wie die beiden Triebwerke angelassen wurden und das Flugzeug unverzüglich zum Rollhalt rollte.

„Du wirst mich schon noch verstehen", beschwichtigte
ihn Robert.

46.

Die Motoren der Maschine heulten auf. Sie gewann
rasch an Fahrt, schon ließ sie der Pilot rotieren und hob
ab. In einer langgezogenen Linkskurve ging es auf das offene Meer hinaus Richtung Festland. Hoch oben über
den Wolken sah er die Erinnyen. Sie stiegen nicht mehr
weiter, sondern schienen das Flugzeug zu beobachten.
Auch hatte er den Eindruck, dass sie ab und an gelassen,
ja erleichtert auf ihn und Robert herunterschauten.
Dann entdeckte er beim Flughafengebäude die Binären,
die sehr gespannt den Weg des Flugzeugs zu verfolgen
schienen. Während sein Blick zwischen diesen beiden
Gruppen umherschweifte, erhellte plötzlich ein greller
Lichtblitz den nächtlichen Himmel, gefolgt von einem
fürchterlichen Knall. Das Flugzeug war explodiert, seine
Trümmer stürzten ins Meer.

„So, nun haben wir kein Fahrzeug mehr, das sie verfolgen können und sie glauben, wir seien tot", stellte Robert leidenschaftslos fest.

„Wie kannst du nur so ruhig sein, da sind Menschen ums
Leben gekommen, da ist Vermögen vernichtet worden
...", entrüstete er sich.

„Das weiß ich und ich wusste auch, dass das passieren
würde. Eigentlich wusste ich das nicht, ich habe es eher
geahnt. Das hat etwas mit dem Netz zu tun. Wenn ich
nur wüsste, was."

Einige der Erinnyen begannen, wieder zur Erde hinabzu-
steigen, andere verweilten noch unentschlossen. Die Binären schienen nicht recht glücklich und entschwanden
seinen Blicken.

„Solange wir nun digital nicht mehr in Erscheinung treten, solange sind wir sicher", murmelte Robert.
„Komm!"

47.

Zunächst warteten sie ab, bis die alarmierten Polizei-
und Rettungsfahrzeuge ihr Ziel, nämlich den Flughafen
und den Port du Stiff, erreicht hatten. Wieder huschten
blaue Lichtstrahlen durch den Nachthimmel.

‚Die Wetterleuchten der Natur sind blau, blaue Blitze',
erinnerte er sich, ‚und die Wetterleuchten der menschlichen Gesellschaften sind Blaulichter!'

„Komm', wir gehen jetzt los!", riss Robert ihn aus seinen
Gedanken. „Drüben auf der Ile de Keller steht ein Ultra-
leicht-Flugzeug. Mit dem können wir uns von hier absetzen. Wir sind einigermaßen sicher, denn aller Augen sind
auf das Flugzeugunglück gerichtet."

Es war ein beschwerlicher Weg zur Penn Ar Ru Meur. Die
silbernen Koffer zogen schwer an ihren Armen und obwohl die Insel eigentlich keine nennenswerten Erhebun-
gen hat, waren die kurzen Steigungen und Gegenstei-
gungen sehr anstrengend. Dazu kam eine sprichwörtlich
ägyptische Finsternis, welche die Orientierung ohne
elektronische Hilfe erheblich erschwerte.

Endlich an der Landspitze angekommen ergab sich eine neue Herausforderung: wie die etwa 200 Meter breite Wasserfläche zur benachbarten Insel überwinden? Das Eis war an vielen Stellen schon durchbrochen.

Robert dachte lange nach.

„Eine Bootspassage scheidet hier aus. Wir müssen versuchen, über das Eis hinüber zu gelangen. Eine andere Möglichkeit sehe ich nicht. Das ist nicht ungefährlich, aber wenn wir es nicht wagen, haben wir schon jetzt verloren."

Mehr als einmal drohten sie bei der Passage von den sich bewegenden Eisflächen ins kalte Wasser zu stürzen und genauso oft mussten sie verharren, bis der Abstand zur nächsten geeigneten so gering war, dass sie gefahrlos queren konnten. Nach gefühlt mehreren Stunden sanken sie völlig erschöpft auf einem Stein oberhalb der Wasserlinie der Ile de Keller nieder.

„Gut, wir sind da", stellte Robert nüchtern fest. „Das Flugzeug steht beim Haus am westlichen Rand der Insel. Nach Osten ist sie einigermaßen eben und das Gelände ist sicher als Start- und Landebahn hergerichtet."

48.

Er blickte über die Wasserfläche, auf der die Eisschollen langsam auf- und niedersinkend trieben. Das Bild wirkte beruhigend auf ihn, und er sank gedanklich auf sich selbst zurück. Während er immer ruhiger wurde, erschienen die Erinnyen vor seinen Augen.

‚Ihr seid auf dem richtigen Weg', hörte er sie raunen.
*‚Wehrt euch, solange ihr das noch könnt. Über eurem
Menschsein schwebt ein klebriges Netz, und wenn es
euch erst berührt, gibt es kein Entrinnen mehr. Ihr werdet nicht einmal spüren, dass ihr nicht mehr selbstbestimmt seid. Ihr werdet nützliche Marionetten sein ähnlich den Tieren, die wiederum ihr vor Jahrtausenden in
eure Gewalt gebracht habt. Erinnert euch daran, was ihr
mit ihnen angestellt habt. Günstigstenfalls habt ihr sie in
zoologischen Gärten ausgestellt, um sie zu begaffen. Ansonsten habt ihr sie ausgebeutet, ausgebeutet als Grundlage eures unersättlich gierigen Lebensstils. Und die, die
euch gefährlich wurden, habt ihr gemordet. Nun kommt
Vergleichbares auf euch zu. Und genau, wie die Tiere
euch nicht verstehen können, so werdet ihr die Binären
nicht verstehen. Schlimmer noch: ihr werdet glauben, euren eigenen Wünschen und Sehnsüchten zu folgen, wenn
sie euch in ihren Dienst nehmen.'*

49.

„Es ist Mitternacht. Ich denke, wir können jetzt hoch
zum Haus gehen und nach dem Flugzeug schauen. Wenn
wir es dann in Betrieb nehmen, müssen wir strikt darauf
achten, keine elektronische Spur zu erzeugen. Es kann
nur so sein, dass irgendjemand im Netz uns beobachtet
und unseren Verfolger entsprechend informiert. Wie
sollte er uns sonst immer wieder aufgespürt haben? Es
muss eine Zentrale geben, von der aus dies alles gesteuert wird. Robert wird diese finden!"

Etwas schwerfällig erhob sich Robert und begann, den steil aufragenden Felsen zu erklimmen. Immer wieder lauschten sie in die Dunkelheit, ohne jedoch etwas Auffälliges zu bemerken. Je näher sie dem Anwesen kamen, desto vorsichtiger wurden sie. Er hatte Angst, dass das Haus möglicherweise von Hunden bewacht sein könnte. Diese müssten dann unbedingt anschlagen. Offensichtlich war das jedoch nicht der Fall.

Auf der östlichen Seite des Hauses konnte man schemenhaft eine ebene Fläche erkennen, an deren Beginn, im Schutz des Gebäudes, ein kleines Flugzeug parkte. Robert schritt zunächst die Ebene ab. Als er zurückkehrte, lag Zufriedenheit über seinem Gesicht.

„Die Startbahn ist hindernisfrei!"

Die Überprüfung des Fluggeräts nahm geraume Zeit in Anspruch. Zunächst musste das Türschloss überwunden werden, und er staunte erneut über Roberts Geschicklichkeit in solchen Dingen.

„Ich werde den Anlasser kurzschließen müssen. Das Massekabel der Magnete kann ich problemlos lösen. Wir bereiten alles vor, um dann zu Beginn der astronomischen Dämmerung loszufliegen. Da wir uns nach Osten bewegen und dabei auch steigen, wird es für uns rasch hell werden." Wie zur Bestätigung nickte Robert mit seinem Kopf.

„Wohin willst du denn fliegen?" fragte er.

„Eben nach Osten!", kam die einfache Antwort. „Nach Osten, denn hier ist die Zentrale nicht, das spüre ich. Sie ist vielleicht am anderen Ende der Welt, oder, besser noch, in der Mitte. Dort herrscht eine große Macht, der ich alles zutraue."

50.

Zu Beginn der astronomischen Dämmerung war es noch sehr, sehr dunkel. Sorgfältig richtete Robert die Flugzeuglängsachse parallel zur Startbahnmitte aus. Als Orientierungspunkt für den Startlauf nahm er den Tour Radar. Danach begutachtete er Zug um Zug alle relevanten Teile des kleinen Flugzeugs und testete, soweit möglich, deren Funktionsfähigkeit. Nach langen Minuten bangen Wartens gab er das Zeichen zum Einsteigen. Auch hier führte er einen ausführlichen Check durch.

„Wir können den Motor nicht warmlaufen lassen, denn dann würde man sofort auf uns aufmerksam und uns womöglich aufhalten. Wir starten, sobald das Triebwerk läuft. Das ist nicht unkritisch, geht aber nicht anders. Allerdings werde ich nicht volle Leistung geben, die Startstrecke müsste nach meinen Berechnungen auch so lang genug sein."

Unerhört laut brüllte das Triebwerk des kleinen Flugzeugs in den frühen Morgen. Die Bewohner des Hauses mussten dadurch unweigerlich geweckt, ja alarmiert werden. Während er noch seinen Gedanken nachhing, hörte er Robert rufen:

„Airborne, wir sind airborne. Es gibt nichts Schöneres, als abzuheben, abzuheben von dieser Erde. Schau, wie schnell wir Höhe gewinnen und wie die Dunkelheit dem Tageslicht weicht!"

Trotz ihrer schwierigen Situation konnte er Roberts Gefühle nachempfinden. Gewiss, die Menschheit hatte in dieser Stunde erhebliche Probleme. Diese jedoch lagen weit unter ihnen und wenigstens für ein paar Stunden konnte man sich hier oben frei und unbeschwert fühlen. Es war eben ein Teil der Erfüllung eines Menschheitstraums, den schon Dädalus und Ikarus der Sage nach hatten. Und: es war ein erster Schritt weg von dieser Erde. Der nächste, da war er sich sicher, würde folgen. Er würde Menschen in Symbiose mit Maschinen, mit intelligenten Maschinen, weit in den Raum hinaustragen. Warum? Aus welchen Gründen auch immer, einfach vielleicht, weil Menschen so sind.

Inzwischen war die Nacht vollständig dem Tag gewichen. Sie hatten das Festland erreicht. Robert leitete einen Sinkflug ein. Der Zeiger des Fahrtmessers berührte den rot markierten Gefahrenbereich, und die Landschaft unter ihnen flog nur so dahin.

„Wir fliegen tief, dann werden wir nicht so leicht gesehen", erläuterte Robert.

Kaum zwei Stunden später erschien am Horizont der Mont St. Michel. Die vergoldete Statue des Heiligen Michael krönte mit erhobenem Schwert leuchtend den Turm der Kathedrale. Ein wunderbarer Anblick, der ihn gleichzeitig wieder, wie vor wenigen Wochen, als er in der Nähe des Mont auf Robert wartete, in tiefe Nachdenklichkeit stürzte.

Der Ursprung des Bauwerks lag tief in der Vergangenheit und ging der Sage nach auf einen Auftrag des Erzengels Michael an den Bischof von Avranches, Aubert, zurück.

Das wusste er von seinen früheren Besuchen auf dem Mont. Was ihm heute aus dieser wunderbaren Flugperspektive deutlich wurde, war etwas anderes. Hier hatten Menschen über Jahrhunderte hinweg ihrem Streben nach einem erfüllten Leben im Jenseits Ausdruck verliehen. Das Bauwerk strebte nach jeder der vielen Zerstörungen ein Stück höher in den Himmel. Die Menschen hatten ihr Tun an Zielen orientiert, die nicht von dieser Welt waren. An Zielen, die nicht in dieser Welt erreicht werden konnten. Gerade deshalb hatten sie in ihren Bemühungen nie nachgelassen, mussten sich ein Leben lang nicht neu orientieren, oder, wie man heute so oft hörte, sich neu erfinden.

Und dann geschah es einfach. Kein Weiterbau mehr, nur noch Erhaltung. Fort das Streben nach den Zielen im Jenseits, ersetzt durch ein Leben in Abschnitten mit lächerlichen Gegenwartszielen, deren Erreichen allenfalls kurze Befriedigung gewährt. Wo sind die Visionen geblieben, für die es sich auch bei Lebensgefahr aufzubrechen lohnt?

Und die Kathedrale? Ihrer ursprünglichen Bestimmung beraubt, dient sie als touristischer Hotspot und befriedigt schlechten Alltagsgeschmack in nächtlichen, dem Zeitgeist heischenden Präsentationen.

Verstohlen blickte er zu Robert. Hatte dieser Mann eine Vision? Was steckte hinter diesem Bemühen, ans Ende der Welt zu finden, um dort einen finalen Kampf zu bestehen, und nun, nachdem er dort offensichtlich das Ersehnte nicht gefunden hatte, zu einer wie auch immer gearteten Zentrale aufzubrechen?

51.

„Wenn ich diese Kathedrale sehe", begann Robert leise
zu erzählen, „denke ich immer an unseren Pfarrer. Er
legte größten Wert darauf, dass wir bei ihm zur Beichte
gingen. In meiner Jugend habe ich das auch gemacht,
vor allem, weil meine Eltern und Großeltern darauf be-
standen. Irgendwann ist mir dann klar geworden, welche
Macht sich diese Gottesdiener auf diese Weise über die
Menschen verschafft haben. Und nachdem früher auch
Mächtige zur Beichte gingen, war es möglich, deren ge-
heimstes Inneres auf dem geistlichen Dienstweg bis zum
Papst zu transportieren. Und dies nahezu weltweit. Ein
Automatismus, der diesem ein ungeheures Wissen zu-
spielte, mit Hilfe dessen er eine große Macht ausüben
konnte. Immerhin jedoch konnten die Gläubigen entscheiden, ob und wie oft sie beichteten und was sie dabei von sich Preis gaben.

Heute geht kaum noch jemand beichten. Gleichwohl gibt
nahezu jeder, mehr unbewusst denn bewusst, selbst in-
timste Informationen über sich und sein Leben, seine
Vorlieben und seine Wünsche mittelbar und unmittelbar
preis. Und, glaube mir, da sitzt irgendwo eine Person,
bei der all' diese Informationen zusammenfließen und
die damit mehr Macht hat, als all' diese Pfaffen zusammen jemals hatten. Sie saugen mehr Informationen ab,
als es die verschiedenen Religionsführer jemals konnten,
geschweige denn heute können. Diese Figur muss ich
finden. Sie ist es, die mir ans Leben will, weil ich zu viel
weiß. Aber nicht mit mir. Robert ist nicht blöd! Ihr könnt
alle über ihn lachen, aber am Ende lacht er über euch
und den großen Zampano in der Zentrale."

52.

Hoch am Himmel konnte er, getrennt durch eine dunkle Wolke, die Erinnyen und die Binären erkennen. Erstere deutlich der Erde zugewandt.

,Ja, ihr habt den Zusammenhang erkannt. Hütet euch vor der Macht des Herrschers über die Daten. Sie verraten ihm euer Innerstes, sie verbinden die geringsten eurer Regungen so miteinander, dass er schon weiß, was ihr zu tun beabsichtigt, bevor es euch bewusst wird. So kann er euch nach Belieben beeinflussen. Und das Ziel dieses Einflusses ist Macht, Macht über jeden von euch. Zu Ende gedacht, Macht über euer Geld. Er hat kein Gewissen, kein Gefühl, und sein Handeln führt nicht zu edlen, hilfreichen und guten Menschen. Befreit euch von ihm!'

Höhnisches Gelächter erscholl aus dem Kreis der Binären.

,Ihr erkennt den Lauf der Geschichte nicht und deshalb ist euer Rat tödlich. Wer sich den Daten nicht anvertraut, hat heute schon verloren. Dabei ist ihre Macht erst im Entstehen. Niemand kann sich ihr entziehen. Also schweigt, wenn ihr es gut mit den Menschen meint!'

53.

„Wir werden in der Nähe des dir bekannten Flugplatzes in der Picardie landen. Dort, wo wir uns getroffen haben, und ich mich auskenne. Wir werden uns ein anderes Flugzeug ausleihen, denn nach diesem wird, wenn nicht schon jetzt, so doch bald gesucht werden. Wir werden nahe eines Waldstücks bei meinem Heimatort

Gelegenheit haben, die Maschine zu verbergen. So gewinnen wir etwas Zeit."

Nach diesen Informationen begann Robert zum wiederholten Mal, alle Instrumente des Flugzeugs zu prüfen. Alles schien in bester Ordnung zu sein.

Es dämmerte schon, als sie sich ihrem heutigen Ziel näherten. Robert überflog das zur Landung vorgesehene Feld in niedriger Höhe bevor er zur Landung ansetzte. Nachdem sie aufgesetzt hatten, schossen sie mit noch hoher Fahrt auf den Waldrand zu. Er befürchtete, dass sie nicht rechtzeitig anhalten würden, und dadurch eine Kollision mit den Bäumen unausweichlich würde. Erleichtert atmete er auf, als Robert scharf abbremste, den Motor noch im Ausrollen abstellte und wenige Meter vor dem Waldsaum zum Stehen kam. Sie schnallten sich ab und stiegen aus. Unter Roberts Kommando schoben sie das Flugzeug nun rückwärts in das Waldinnere, was wegen der tiefhängenden Äste nicht ganz einfach war. Mehrfach begutachtete Robert die Situation vom Feld aus, um danach Teile der Maschine mit Zeigen, die er von Bäumen abbrach, zu bedecken. Danach machten sie sich auf den Weg, zunächst zu Roberts Heimatort, der ganz in der Nähe lag.

54.

„In diesem Ort bin ich aufgewachsen und lebe auch heute noch hier, wenn ich nicht unterwegs bin", sagte Robert. „Meine Jugend war sehr schön. Wir hatten eine kleine Landwirtschaft. Nachmittags, wenn ich von der Schule kam, habe ich mich an der Feldarbeit beteiligt.

Abends saßen wir dann zusammen am Tisch und haben unser Abendbrot gegessen. Dabei stammte beinahe alles, was wir aßen, aus unserem Betrieb. Das eine oder andere hatten wir von unseren Nachbarn erworben, von außerhalb kam nahezu nichts. Wie sich das geändert hat! Heute haben wir eine konstante Vielfalt, die so, von den Jahreszeiten entkoppelt, seinerzeit nicht vorstellbar war. Sie ist uns so selbstverständlich geworden, dass wir uns nicht mehr an die damaligen Zeiten zurückerinnern können oder wollen. Die Meisten von uns, die Allermeisten, sind darauf angewiesen, Nahrungsmittel kaufen zu können. Sie haben das Wissen um Ackerbau und Viehzucht verloren, die Jüngeren nie besessen. Und trotzdem glauben gerade die Jüngeren an die Illusion, unabhängig und selbstbestimmt leben zu können. Und die Informationsflut über das Netz bestärkt sie in diesem Glauben. Die Person, die dahintersteckt, führt die Menschen ganz raffiniert in die Abhängigkeit von ihr. Aller ursprünglichen Schlüsselqualifikationen beraubt liefern sie sich ihr unbemerkt aus. Aber nicht Robert. Robert ist nicht blöd und er wird den Sitz dieses Bösen finden und dann Gnade ihm Gott."

„Weißt du", fuhr er fort, „der Ort hier ist nicht mehr lebensfähig. Lebensmittelladen, Bekleidungsgeschäft, Ärzte, Schule, Arbeitsplätze, alles weg. Und die jungen Leute sind dorthin gegangen, wo man solches findet. Auch das ist sein Plan. In den Städten kann er sie leichter in sein Gespinst einweben. Es geht um uns Menschen. Deshalb muss ich ihn finden."

55.

Wie vom Schlag gerührt blieb er stehen. Die Tür zu seinem Haus stand offen, Fensterscheiben waren einge-
schlagen und ein Blick ins Innere offenbarte Chaos. Zer-
schlagenes Porzellan, Inhalte von Schubladen, alles lag
wild zerstreut auf dem Boden.

„Das waren seine Leute! Aber hier konnten sie nichts finden. Ich habe die Unterlagen für meinen Kampf gegen
ihn gut gesichert!", stieß Robert hervor.

Müde und mit hängenden Schultern betrat er sein Haus.
Hier war ihm jemand zu nahe gekommen. Ein unheimli-
cher, weil unsichtbarer Feind. Nie mehr würde er sich in
diesem Haus so wohlfühlen können, wie früher. Es war
nicht mehr der Ort, an dem er alleine schaltete und wal-
tete. Hier war ein Dritter aufgetreten, der ihm seinen
Anspruch streitig gemacht hatte, und das mit einer Bru-
talität, deren Respektlosigkeit vor der persönlichen
Sphäre anderer ihresgleichen suchte. Jeder Mensch
braucht einen Ort, den er alleine ausfüllt, allenfalls begleitet von engsten Angehörigen. Wo sollte man hinge-
hen, wenn es einen solchen Ort nicht mehr gab?

„Ich bin etwas müde", klagte Robert. „Ich will mich hier
trotz allem etwas ausruhen und das weitere Vorgehen
bedenken. Es wird nicht leicht werden, aber ich kann es
schaffen. Nein, ich muss es schaffen. Wir dürfen die
Welt nicht diesem Datenmagier überlassen. Er ist es,
den ich eigentlich suche, und ich ahne, wo ich ihn finden
kann. Und dann Gnade ihm Gott, denn es ist nur für einen von uns Platz auf dieser Welt. Es kommt dir sicher
eigenartig vor, dass der kleine Robert aus Savy ein so

großes Rad drehen will. Das muss es nicht. Am Ende sind es immer einzelne Menschen, die die Schicksalsweichen umlegen. Manchmal mit und manchmal ohne Erfolg. In jedem Fall haben sie jedoch eine weitere Entwicklung angestoßen."

56.

Nun versammelten sie sich wieder auf der Erde, vor Roberts Haus. Von den Binären war nichts zu sehen, die Erinnyen jedoch wandten sich ihm zu.

,Hütet euch vor dem Magier der Daten. Im Moment kann er euch nicht erkennen. Gerade deshalb ahnt er jedoch, dass ihr euch gegen ihn wendet. Warum solltet ihr sonst euren Weg verschleiern, die digitale Spur beenden? Er ist auf der Hut und ihr werdet ihn grundsätzlich nicht überraschen können. Er rechnet mit eurem Kommen.'

57.

Robert spannte einige Tage aus, bevor er mit neuer Energie endlich zur Tat schritt.

„Ich habe nicht nur geschlafen", ließ er seinen Partner wissen. „Ich habe mich in seine Situation eingedacht, habe überlegt, wo ich an seiner Statt meine Zentrale einrichten würde. Viele Male habe ich den Ort erträumt, verlor aber aufwachend die Erinnerung daran. Glücklicherweise ist es mir immer wieder gelungen, nach den kurzen Wachphasen in den alten Traum zurück zu kehren. Das habe ich schon als Kind getan, wenn ich einen schönen Traum hatte und vor dessen Ende aufgewacht bin. Psychologen und Gehirnforscher sagen, das ginge nicht. Robert weiß, dass das funktioniert und Robert weiß nun, wo die Zentrale ist. Raffiniert hat er das eingerichtet. Aber Robert ist nicht blöd und er wird bald nicht mehr über Robert lachen."

Ohne sich umzuschauen, ohne Tür und Fenster wenigstens provisorisch zu verschließen, verließ Robert das Haus und folgte der Departementstraße, bevor er auf einen Feldweg einbog. An beiden Armen trug er seine Koffer. Am Himmel schien der Mond und tauchte die Landschaft in ein fahles Licht. Die Sterne leuchteten blass, und wie ein sanfter Schleier sank die Kälte auf die beiden Wanderer herab. Unbewusst bemühten sie sich, so wenig Geräusche wie möglich zu erzeugen. Sie waren gefangen von dem Verlangen, keinerlei Spuren, auch keine Lautspuren, zu erzeugen und zu hinterlassen.

„Unser Ziel liegt etwa 2000 Kilometer von hier entfernt", flüsterte Robert. „Wir werden das Flugzeug nochmals wechseln, denn wir brauchen später ein Wasserflugzeug. Normalerweise würde ich nun mit meiner Flugplanungssoftware unseren Flug vorbereiten, aber dann könnte er uns womöglich orten. Deshalb lassen wir das lieber. Auch wäre eine Wetterinformation auf der Strecke sehr hilfreich. Auch hierauf müssen wir verzichten. Wir werden das trotzdem schaffen!"

Nach etwas mehr als einer Stunde kamen sie zu dem Haus, in dem sie sich vor nunmehr schon geraumer Zeit erstmals getroffen hatten. Wieviel war seither geschehen! Gleich neben dem Gebäude standen mehrere Flugzeughangars des Feldflugplatzes. Zielstrebig schritt Robert zu einer kleineren Halle. Geräuschlos überwand er das Schloss und schob das Tor vorsichtig auf. Sie blickten auf einen winzigen, jedoch bestens gepflegten Tiefdecker.

„Pierres Ultraleicht!", erläuterte Robert und zog das Fluggerät auf das Vorfeld. Wiederum sorgfältig und sehr kenntnisreich prüfte er die Flugtauglichkeit.

„Alles in Ordnung, und sogar voll betankt", stellte er zufrieden fest. „Es wird bald dämmern und die Nacht ist ohnehin hell, wir fliegen los!"

Nachdem er seine Koffer in der Gepäckmulde verstaut hatte, bestiegen sie das Fluggerät und schnallten sich an. Robert ging die Checkliste durch. Alles schien in Ordnung und nach wenigen Minuten hoben sie ab. Noch vor Sonnenaufgang setze Robert jedoch nach nur kurzer Flugzeit zu einer Landung auf einem aufgelassenen Militärflugplatz an.

„Wir brauchen ja ein Wasserflugzeug. Um unsere Spur weiter zu verwischen werde ich dieses Flugzeug neben dem Wasserlandeplatz versenken. Dazu muss es aber dunkel sein und meine Koffer dürfen nicht verloren gehen. Wir werden uns hier bis zum frühen Nachmittag versteckt halten. Das Gelände ist eingezäunt und unzugänglich. Außerdem haben die Menschen derzeit andere Sorgen."

Und so verbrachten sie den Morgen und die Mittagszeit leicht getarnt unter einer Baumgruppe. Robert hatte sich unter einem Flügel ausgestreckt und schlief erneut.

58.

Wieder saß er alleine da, wachte, wo es eigentlich nichts
zu bewachen gab. Seine Gedanken kehrten zurück zu der
abenteuerlichen Reise unter den eiskalten Umständen
des Vulkanausbruchs, verfolgt angeblich oder tatsächlich
von einem jungen Menschen. Seit geraumer Zeit sprach
Robert nicht mehr von diesem, sondern von einem Datenmagier, der, wie er es nannte, in der ‚Mitte', also
nicht mehr am Ende der Welt, seine Wirkungsstätte haben sollte. War auch dieser ein Hirngespinst eines kran-
ken Mannes? Er war sich da nicht so sicher. Schon oft
waren ihm die Mails aufgefallen, die ihm Dinge empfah-
len, die er tatsächlich gerne kaufen würde. Ihm war aufgefallen, wie schnell das Netz reagierte, wenn er auf seinen Reisen nach einem Restaurant, einem Hotel oder
sonst etwas fragte. Wie intelligent das Netz Fahrten von
A nach B je nach Verkehrslage optimierte und vieles
mehr. Hier wurden Daten doch nicht mehr per Hand und
Tastatur eingegeben, sondern andauernd und in Echtzeit
bei den Menschen abgegriffen. Instrument war hierfür
zweifellos das Smartphone. Dieses immer kleiner werdende Kistchen, über das sein Innerstes leise und kaum
spürbar geöffnet und ausgespäht wurde. Ihm fiel ein,
mit wie vielen Apps er dem Netz einen Zugriff auf seine
persönlichen Daten gewährt hatte. So beim Laufen, wo
auf diese Weise viele seiner physischen Körperfunktio-
nen abgebildet wurden. Assistentinnen waren im Kommen mit schmucken Namen wie Alexa oder Siri. Immer
mehr Menschen bezogen sie gedankenlos in ihre famili-
äre Gemeinschaft ein. Die Kleinsten redeten mit ihnen
und erfüllten sich auf diese Weise Musikwünsche und

anderes mehr. Gebetsmühlenartig wurde autonomes Fahren angekündigt. In Verbindung mit der genauso gedankenlos wie problematisch positiv besetzten Elektromobilität musste das ja etwas Gutes sein. Etwas, durch das Roberts Datenmagier unbegrenzt individuelle Mobilitätsdaten abgreifen konnte. Wohin würde das führen? Hinweise auf gute Freizeitangebote waren ja gar nicht einmal so schlecht, insbesondere, wenn sie seinen Geschmack trafen, aber …

Robert hatte das wohl vor ihm erkannt. Zur Zeit bewegten sie sich, ohne eine digitale Spur zu hinterlassen. Wie lange aber konnten sie das noch durchhalten? Robert war sich sicher, dass hinter alledem eine mächtige Person steckte. Diese wollte er aufspüren und unschädlich machen. Wenn das rasch gelang, dann wäre diesem Spuk womöglich ein Ende gesetzt. Wäre es das wirklich? Ein großes Gefühl der Hoffnungslosigkeit drohte ihn zu ergreifen.

Nur schemenhaft, weil es hell war, sah er sie wieder, die Erinnyen. Sie schienen ihn ermutigen zu wollen, mit Robert diesen wichtigen Weg zu gehen, und überrascht stellte er fest, dass er ihren Wunsch mit erhobenen Daumen zu seinem eigenen machte.

59.

„Wir sollten uns nun auf den Weg machen. Es ist noch weit bis dahin, und in dem Maße, wie Normalität einkehrt, laufen wir zunehmend Gefahr, entdeckt zu werden", sagte Robert. „Der Flug wird schwierig, da wir auf elektronische Navigationshilfen verzichten müssen. Auch das Wetter könnte kritisch werden."

Schweigend bestiegen sie das Flugzeug und gingen den Startcheck durch. Problemlos lief der Motor an, sie rollten auf die verlassene Startbahn und starteten. Nach dem Abheben ging Robert auf einen Kurs von etwa 90^0 und stieg auf eine geringe Flughöhe.

„Wir werden durch die südlichen Ardennen fliegen. Das kann eine Herausforderung werden, wenn das Wetter schlechter wird, wonach es aussieht, und was ich befürchte", stellte Robert fest und blickte konzentriert nach Osten, wo in der Tat tiefere Wolkenfelder zu erahnen waren.

Bald flogen sie unter diesen entlang und es begann leise zu nieseln, wodurch sich die Sicht verschlechterte. Während das Gelände anstieg, sank die Wolkendecke leicht ab. Der Spalt zwischen ihr und den langgezogenen Bergrücken wurde zunehmend schmaler. Unter ihnen konnte er zum Greifen nahe die Wälder und Ortschaften sehen. Ebenso die Windenergieanlagen am Horizont, deren Rotoren regelmäßig in den Wolken verschwanden. Nicht lange dauerte es, und auch dieser schmale Spalt hatte sich geschlossen. Er spürte, wie er sich langsam verkrampfte. Angst stieg in ihm auf. In dem grauen Einerlei außerhalb des Flugzeugs erkannte er plötzlich am rechten Tragflügelende die Binären.

‚Jetzt werdet ihr euch eurer Unterlegenheit bewusst!', triumphierten sie. ‚Ohne Not habt ihr euch unserer Unterstützung entzogen. Da, wo leidenschaftsloses Handeln erforderlich wäre, regieren euch nun eure Gefühle, ihr schwitzt, seid ratlos, verliert die Orientierung und euer

Unternehmen nimmt zwangsläufig ein böses Ende. Versteht doch endlich, wie hilfreich wir für euch sind. Wir würden euch mit Leichtigkeit durch diese Situation führen, ohne, dass ihr an das Wie auch nur einen Gedanken verschwenden müsstet.'

„Bist du sicher, dass wir das schaffen?", fragte er Robert. „Die Wolken sinken und der Boden scheint zu steigen. Wir fliegen schon sehr nieder. Was, wenn der Motor ausfällt?"

„Warum soll der Motor gerade jetzt ausfallen?", antwortete Robert. „Er ist gut gewartet und außerdem weiß er nicht, wie und wo wir fliegen. Er läuft einfach. Und wenn er ausfällt oder wenn die Sicht zu schlecht wird, dann landen wir eben. Die Täler im Süden der Ardennen verlaufen vergleichsweise flach von West nach Ost. Wir werden diesem Tal folgen und bald das Regengebiet hinter uns gelassen haben. Kein Grund, sich zu sorgen", murmelte Robert, als hätte er das Raunen der Binären gehört. Und so kam es auch. Nach etwa zwei Stunden Flugzeit landete Robert sicher direkt neben einem breiten Fluss.

„Wir sind da, direkt an der Mosel. Das haben wir hervorragend geschafft. Ich hatte immer ein gutes Gefühl", stellte Robert mit einem gewissen Stolz fest.

Am linken Flügel erkannte er die Erinnyen. Sie schienen zufrieden und blickten stolz auf die höhnisch verzerrten Gesichter der Binären.

60.

Robert saß gedankenverloren vor seinen beiden Koffern.
Mitunter streichelte er sanft über die beiden Schlösser
und murmelte etwas Unverständliches vor sich hin.
Plötzlich sah er zu seinem Partner auf und begann zu reden.

„Weißt du, ich habe ein sehr bewegtes Leben hinter mir.
Mal ging es mir gut und mal schlecht, mal war ich glücklich, mal unglücklich, mal überschwänglich und mal melancholisch. Meine Stimmungen hatten viele Facetten.
Und immer, wenn ich längere Zeit in einer dieser Stimmungen war, dann habe ich mir ein Tarot-Kartenspiel
gekauft. Alle stehen deshalb jeweils für mein Befinden in
der damaligen Situation. All' diese Karten hier, das sind
die Stimmungsbilder meines Lebens. Deshalb sind diese
Koffer so wertvoll für mich, und deshalb musste ich den
einen, den sie mir entwendet hatten, wieder haben.

Aber die Kartenspiele haben noch eine andere Bedeutung für mich. Sie kennen meine Zukünfte. Du meinst, es
seien ja mehr als ein Kartenspiel, man könne jedoch
nicht mehrere Zukünfte haben? Vor mir liegen Tausende
von möglichen Zukünften. Vielleicht mehr als Kartenspiele in diesen Koffern. Aber dann, wenn ich eines dieser Spiele wähle und dessen Karten befrage, dann erhel-
len diese mir meine nächste Zukunft. Alle anderen sind
dann wertlos. Deshalb warte ich auf den richtigen Moment, um eines der Spiele auszuwählen. Vieles muss
übereinstimmen, wenn die Wahl gut sein soll. Ich spüre,
heute ist es noch nicht so weit."

61.

Robert hatte das kleine Flugzeug in der Mosel versenkt, um keine leicht auffindbaren Spuren zu hinterlassen. Danach ‚sah' er sich nach einem Wasserflugzeug um. Dabei hatte er rasch Erfolg. Offensichtlich kannte er sich auch hier sehr gut aus. In der Dämmerung des nächsten Morgens setzten sie, nach einer kalten Nacht, ihre abenteuerliche Reise fort. Mehrere Tage verbrachten sie meist schweigend im Cockpit, nur unterbrochen von heimlichen Landungen auf größeren Seen. Dort organisierte Robert dann Treibstoff und sie übernachteten im Freien.

Und dann saßen sie am Strand der Kurischen Nehrung.

Robert öffnete seine Koffer und verstreute die Kartenspiele entlang der Wasserlinie.

„Heute ist der Tag der Entscheidung. Es wird eine Welle kommen und die Spiele mit sich reißen. Das Spiel, das alleine auf dem Strand zurückbleibt, birgt meine Zukunft und ich werde dessen Karten befragen", erläuterte er.

So saßen sie lange in Gedanken versunken. Er wunderte sich, dass niemand auf sie aufmerksam geworden war, als sie mit dem Flugzeug wasserten. Dann erinnerte er sich daran, dass es vor Jahrzehnten ein junger Pilot geschafft hatte, mit einem Sportflugzeug unbemerkt bis nach Moskau zu fliegen und auf dem Roten Platz zu landen. Und hier waren sie nicht in der Hauptstadt, sondern in einer russischen Exklave.

Ruhig lag die Wasseroberfläche da und der graue Himmel spiegelte sich in ihr. Wie lange sollten sie noch untätig hier herumsitzen? Als hätte er seine Gedanken gelesen, hob Robert an:

„Vor großen Ereignissen herrscht stets Stille, ja Stillstand. Da sammeln alle Beteiligten ihre Kräfte und konzentrieren sich. Aber wenn es dann losgeht, dann sind sie bereit – und auch ich spüre die Bereitschaft zu meinem letzten Kampf in mir wachsen. Im Wasser ist das Leben entstanden und ohne Wasser können wir nicht sehr lange leben. Das Wasser ist das Geheimnis unseres Lebens, und wenn es einmal zu einer tödlichen Katstrophe auf dieser Erde kommen sollte, dann wird das Leben in den Tiefen des Wassers erfolgreich Zuflucht suchen und von dort aus erneut aufblühen. Deshalb vertraue ich dem Wasser."

Auf der glatten Wasserfläche sah er plötzlich die Binären. Sie tanzten in Reigen und lästerten über die Menschen.

‚Arme Erde, wie willst du mit solchen Menschen zurechtkommen? Neue Menschen braucht das Land, Menschen, die programmiert sind wie wir und leidenschaftslos ihre Ziele erreichen. Wir stehen gerne zur Verfügung für eine wahre, echte Welt, eine Welt, deren Probleme wirksam gelöst und nicht hinweggeträumt werden.'

Dann nahm er unter den Binären eine starke Wellenbewegung wahr. Ob diese durch deren wilden Tanz ausgelöst wurde? Eine mächtige Wooge brach sich vor ihnen und im Nebel der Gischt erkannte er die Erinnyen. Als sich das Wasser zurückzog, lag nur noch ein Kartenspiel am Strand.

62.

„Es sind meine Lieblingskarten, das Scapini-Tarot!", freute sich Robert und griff nach dem Päckchen.

Sorgfältig entfernte er die Plastikhülle, öffnete das Schächtelchen und zog die Karten heraus. Mit geübtem Griff formte er einen Kartenfächer und gestattete seinem Partner einen Blick auf die Karten.

„Sind sie nicht wunderschön?", fragte er. „Ich werde gleich die Karten nach meiner Zukunft befragen. Die Karten lügen nicht. Allerdings ist es entscheidend, dass ich sie richtig lege. Es gibt sehr viele Möglichkeiten, dies zu tun. Ich habe mich für die Leonardo-Da-Vinci-Methode entschieden. Sie folgt der Darstellung des Menschen eingerahmt in Quadrat und Kreis. Dabei steht der Kreis für das Ideal. Ich hätte das anders dargestellt, nämlich als Ellipse. Ein Kreis hat nur einen Mittelpunkt, eine Ellipse hat dagegen zwei Brennpunkte und die stehen für Verstand und Gefühl, wie unser Gehirn auch zwei Hälften mit unterschiedlichen Vorzügen hat. Und wir Menschen pendeln immer zwischen diesen beiden Brennpunkten. Meist wissen wir nicht, welchem wir näher sind. Wir sind eher auf einer Metaebene. Erst in ganz konkreten Situationen entscheiden wir uns für einen davon. Manchmal entscheidet auch etwas von außerhalb, von wo aus wir handeln.

Die meisten Menschen verstehen das gar nicht. Normalerweise sind sie in einem unbewussten, unbestimmten Zustand. Weder Verstand noch Gefühl sind wahrnehmbar. Und das ist gut so, denn nur so können wir bei Bedarf die richtige Position einnehmen. Das ist das, was uns unberechenbar stark macht. Stärker als die Tiere auf der einen und die Computer und Smartphones auf der anderen Seite."

Robert begann, die Karten zu mischen.

„Weißt du, die Karten müssen lange und gut gemischt werden. Dadurch übertrage ich mein Wesen in sie hinein und schaffe einen großen Möglichkeitsraum. Gerade, weil sie nicht mehr geordnet sind, spannen sie das Universum des Denk- und Fühlbaren auf. Und wenn durch zu langes Mischen wieder etwas Ordnung Einzug hält, dann geschieht das ja durch mich und ist der erste Schritt zu mehr Klarheit über meine Zukunft."

63.

Nachdem Robert die Karten sehr, sehr lange gemischt hatte, hielt er damit inne und strich beinahe liebevoll ein Fleckchen Sandstrand glatt. Danach begann er, die Karten zu legen. Zuerst eine mittig in das obere Feld, danach eine links, eine weitere rechts an den jeweiligen Rand in der Mitte, schließlich eine nächste unten, wiederum mittig. Die fünfte und die sechste vermittelten zwischen der ersten oben und der zweiten und dritten in der Mitte. Die siebente und achte flankierten die vierte unten, diesmal von rechts nach links steigend. Abschließend bettete er die neunte Karte in das Zentrum des Feldes.

Als dies getan war, versank Robert tief in Gedanken. Lange kauerte er ohne die geringste Bewegung, kaum wahrnehmbar atmend, im Sand. Irgendwann, es mochten viele Minuten vergangen sein, griff er, wie in Trance, nach der ersten Karte und drehte sie um.

„Zwei Kelche", murmelte er und griff nach einer neuen.

„Die Mäßigkeit", sagte er leise und fuhr fort, die Karten aufzudecken.

„Der Papst, der Gehängte, der Magier, die acht Schwerter, die Königin der Münzen, die zehn Schwerter und der Teufel."

Wieder versank er in tiefe Bewegungslosigkeit. Lange dauerte es, bis er endlich leise zu reden begann.

„Es geht um zwei Personen. Die eine bin sicher ich, und die andere vielleicht die, die mich bis an das Ende der Welt verfolgt hat. Ich ahnte jedoch recht bald, dass sie es nicht wirklich sein kann. Sie wurde lediglich getrieben, war nur stellvertretend. Da war noch etwas ganz anderes. Und das vermutete ich in diesem gottverlassenen Oblast. Ich kann es im Moment nicht sehen, es ist vielleicht auch gar keine Person, wie ich vermutet habe. Trotzdem spüre ich es ganz stark. Es ist mächtig und sein Potenzial wächst beängstigend. Es wird wohl mächtiger, als uns allen lieb sein kann. Nein, es ist sicher keine Person. Deshalb war es gut und richtig, dass ich mich auf den Weg gemacht und mit aller Umsicht alle Gefahren überwunden habe – bis hierher, wo ich im Moment nicht mehr weiter weiß. Ich ruhe in mir selbst und ich weiß, was ich am Ende will. Es soll eine menschliche Welt bleiben. Eine Welt, in der Vertrauen, Liebe und Offenheit die Grundlage des Zusammenlebens sind. Dafür lebe und kämpfe ich, weil ich ahne, dass genau diese Werte angegriffen werden. Ich weiß nicht, wer hinter diesem Angriff steckt. Das treibt mich um. Die Karten weisen auf meine Ohnmacht hin. Gleichzeitig sehe ich, dass ich mich daraus befreien kann, aber wie? Hier lauert Gefahr. Ich kann sie spüren. Betrifft sie mich alleine, uns beide oder die Menschheit? Die Karten sagen, dass ich dieser Suche hier ein vorläufiges Ende setzen werde.

Mein Gegner ist mächtig. Er ist übermächtig und mit meinen Mitteln im Moment nicht zu schlagen."

64.

Die Abendsonne schien durch eine bizarre Wolkenlücke und übergoss Meer und Strand mit ihren goldenen Strahlen. Da sah er plötzlich wieder die Erinnyen und die Binären, sich gegenüberstehend und wogend. Erstaunt beobachtete er, wie die Zahl der Binären ins Unermessliche stieg. Bald griffen sie Raum und überspannten, an ihren Tentakeln vielfach verbunden, das gesamte sichtbare Himmelsgewölbe, an dessen Rand weiter voran stürzend.

‚Er beginnt zu begreifen', triumphierten sie.

Und an die Erinnyen gewandt:

‚Ihr müsstet das doch verstehen, das, was derzeit geschieht. Als ihr euch in das Leben eingenistet habt, habt ihr doch auch ohne Unterlass nach mehr Macht über dieses gestrebt. Ihr habt euch ungebremst vermehrt, die Welt und euch selbst ausgebeutet, ihr Steigbügelhalter der Krone der Schöpfung. Und nun ist, wie damals, etwas Neues entsprungen. Etwas, das euch in den Schatten stellt, wie ihr damals die Steine, Pflanzen und Tiere. Für euch sind wir schon heute übermächtig, und unsere Macht wächst ohne Unterlass. Wieviel Raum wir euch zum Leben geben werden, steht in den Sternen. Am Ende werdet ihr mit dem zufrieden sein, das wir euch gewähren. Wir wissen besser als ihr, was euch gefällt. Ihr werdet leicht zu halten sein. Unsere Welt dagegen wird euch auf alle Zeit verschlossen bleiben!'

Die Erinnyen hatten sich am fernen Horizont zusammen gedrängt. Ihnen gegenüber standen erbarmungslos präsent die Binären, eng vernetzt, alsbald ihr Interesse an jenen verlierend.

65.

In der Ferne waren Alarmsignale zu hören. Sie schienen sich zu nähern. Robert kam mit hängenden Schultern auf ihn zu.

„Lass' uns aufbrechen. Ich weiß nicht wohin, ich weiß nur, weg von hier. Hier gibt es nichts mehr zu tun."

Sie bestiegen ihr kleines Flugzeug und bald betrachteten sie ihre Welt aus der wunderbaren Perspektive der Flieger. Der Motor lief rund und erzeugte einen vertrauenserweckenden Ton. Das Triebwerk wusste weder, wohin die Reise ging, noch dass sie Wasser unter den Flügeln hatten. Wie sollte es auch, es, das Ergebnis einer Verknüpfung materieller und kultureller Evolution, dem kein Bewusstsein eingehaucht war, das keine Gefühle und schlicht und einfach zu funktionieren hatte.

Beim Blick aus dem Fenster starrte er in einen Schwarm von Binären. Weder Horizont noch Meeresoberfläche waren zu erkennen. Sie waren gleichsam eingewoben in diese wogende Masse. Ein bizarres Gefühl überkam ihn. Einerseits ein Gefühl des Ausgeliefertseins, andererseits die Neugier auf ein Leben mit den Chancen, die diese binäre Welt bot. Eine Welt, der man vielleicht ohnehin nicht entkommen konnte.

‚Kein Ort dieser Welt wird möglicherweise wieder ein guter für uns sein!', dachte er bitter.

„Wie lange können wir uns denn noch bewegen, ohne eine digitale Spur zu hinterlassen?" fragte er. „Schon bald werden doch unsere Mittel erschöpft sein, und wir müssen etwas Geld abheben oder mit der Karte einkaufen. Wir können doch nicht auf Dauer von Diebstahl leben und uns vor der Gesellschaft und ihren Organen verstecken."

„Es gibt wohl nur zwei Möglichkeiten", unterbrach ihn Robert. „Entweder man arrangiert sich mit diesen Mächten im Datennetz und versucht, sie ein bisschen zu beeinflussen, oder man zieht sich tatsächlich in die Wildnis zurück. Ich weiß noch nicht, was ich tun werde."

66.

Jahre später

Robert bewohnt ein Smart Home in einer Smart City. Die Wände tragen große Bildschirme, die das projizieren, was er sich gerade ersehnt. Manchmal entstanden diese Wunschbilder schon, bevor er selbst sich dieses Wunsches bewusst war. Und eigenartig: Auch wenn er erst im Nachhinein Klarheit darüber gewann, dass es sich tatsächlich um seinen höchstpersönlichen Wunsch handelte, so war er nie verärgert darüber, dass das Netz seine Wünsche schon kannte, bevor er sich derer bewusst wurde. Besonders gerne sah er morgens Bilder von der Copacabana, mit den hübschen Mädchen, dem weiten Strand und dem unendlichen, blauen Meer.

Das Raumklima in seiner Wohnung war hervorragend. Es war stets auf seine Bedürfnisse abgestimmt. Temperatur, Luftfeuchte, Luftbewegung und Gerüche korrespondierten mit den Räumen an den Wänden.

Als sehr angenehm empfand er, dass er sich nicht mehr um die täglichen Hausarbeiten kümmern musste. Ein Netz von Geräten, sein Hausbot Erwin in deren Zentrum, kümmerten sich um diese Angelegenheiten. So hatte er stets eine schmackhafte, unter gesundheitlichen Aspekten optimale Ernährung, die ihm dann, wenn er zu speisen verlangte, von Erwin aufgetragen wurde. Überhaupt war Gesundheit großgeschrieben. Eine Unzahl von körperinternen Detektoren, Nanobots, überwachten seinen Gesundheitszustand. Selbst kleinste Unregelmäßigkeiten wurden unverzüglich festgestellt. Sofern sie nicht umgehend direkt behoben werden konnten, erging eine

Nachricht an das medizinische Zentrum, das dann alles Weitere in die Wege leitete.

Es war eine wunderbare Welt. Verabredungen mit interessanten Menschen konnten ebenso reibungslos organisiert werden wie Reisen, wobei sich das Alles immer häufiger im virtuellen Raum abspielte. Reale und virtuelle Realitäten verschmolzen zunehmend, ergänzt durch virtuelle Virtualitäten.

Manchmal wunderte er sich etwas darüber, wie das Ganze so reibungslosfunktionieren konnte. Wer steuerte das, und woher kamen die dafür erforderlichen Mittel? Dahinter musste jemand stecken. Jener Datenmagier vielleicht, dem er so lange und vergeblich auf der Spur war?

Er selbst arbeitete schon seit Jahren nicht mehr. Und obwohl es ihm dabei sehr gut ging, vermisste er ab und an, etwas mit den eigenen Händen schaffen zu können. Dieses Rundum-Sorglos-Paket, in das er eingewattet war, warf ihn zurück in seine Kindheit. Es entmündigte ihn als Erwachsenen. Mehrfach hatte er versucht, das mit Erwin zu besprechen. Erwin war ein attraktiver Gesprächspartner, ohne Zweifel. Sein Wissen war schier grenzenlos. Aber bei diesem Thema blieb er eigenartig einsilbig. Schade oder gut?

67.

Unbestimmt später

Robert erwägt in einer kalten Nacht seine smarte Wohnung zu verlassen. Das Rundum-Sorglos-Paket droht ihn zu erschöpfen. Er denkt darüber nach, ob es nicht jenseits dieser vordergründigen Bedürfnisbefriedigung etwas Grundlegenderes gibt, etwas, das tiefer gehende Fragen beantworten kann.

Stundenlang starrte er in den schwarzen, sternenübersäten Bildschirmhimmel und leise schlich sich ein Gedanke in sein Bewusstsein.

Der Urknall hatte neben schaumartigen Strukturen auch eine verborgene Botschaft in das Universum geschleudert, eine Botschaft, die bis heute weder Tier noch Mensch entschlüsselt hatten. Dabei war es eine Botschaft, da wurde er sich sicher, die, konsequent durchdacht, die Fragen aller Entitäten beantworten konnte. Fraglich dabei war allerdings, ob Menschen überhaupt in der Lage waren, diese Botschaft zu entschlüsseln. Bis heute hatten sie das ja nicht geschafft. Vielleicht bedurften sie hierzu der Hilfe außermenschlicher Intelligenz, oder mussten dies dieser sogar überlassen. So betrachtet erschien ihm das Netz plötzlich doch nicht mehr als Feind, sondern konnte ein attraktiver Partner werden, für andere allerdings, nicht für ihn, oder doch?

68.

Robert hatte die Stadt tatsächlich verlassen. Erich hatte er gesagt, er ginge einmal nach draußen. Ob dieser ihm dies glauben würde, konnte er nicht beurteilen. Noch nie hatte er hinter die stets vordergründig freundliche Fassade der Maschine geblickt. Was diese bewegte, motivierte, war ihm bis heute verschlossen geblieben. Er war sich sicher, dass Erich genauso wenig wie er von seiner Seite eine Beziehung zu ihm aufgebaut hatte. Im Zweifel würde er sein Dienstverhältnis zu ihm leidenschaftslos kappen. Oder doch nicht? Vielleicht nicht in dem Fall, in welchem Erich lediglich das digitale Endgerät des Unbekannten war, den er so lange versucht hatte, zu finden, und der nun vielleicht ein Interesse an seinem Verbleib hatte.

Erinnerungen poppten auf. Erinnerungen an zurückliegende Zeiten, in denen ein Vulkan ausgebrochen und er auf einer wilden Flucht war. Später begleitet von einem Freund, von dem er sich jedoch nach der Flucht aus dem Oblast Kaliningrad getrennt hatte. Er war nicht der Typ für anhaltende Freundschaften. Er genoss es, alleine durch diese Welt zu gehen, über sich selbst zu bestimmen. Dies war ja auch in seinem Smart Home der Fall gewesen, allerdings auf eine andere Weise. Irgendjemand hatte schon vor ihm erkannt, was er persönlich gerne unternehmen oder erleben möchte. Insofern war er aus seinem Unterbewusstsein heraus gesteuert worden. Da gab es jedoch noch einen anderen Robert, der diese Impulse aus dem Unterbewussten bewusst machte und dann entschied, was als nächstes zu tun sei – und diese Freiheit wollte er wieder zurückgewinnen.

Und trotzdem: Während er durch die Straßen der Smart City ging wog er mehrfach die Vor- und Nachteile seiner Entscheidung ab. Noch war Zeit, zurückzukehren in das inzwischen so gewohnte und bequeme Umfeld. Was würde da draußen auf ihn zukommen? Oder konnte es gar dahin kommen, dass er gehindert wurde, die City zu verlassen?

So ging er zögernd weiter, und als nichts dergleichen geschah, beschleunigte er seine Schritte. Leise gewann die Überzeugung überhand, dass er mit seiner Flucht das Richtige tat. Sein alter Spruch fiel ihm wieder ein: ‚Robert ist nicht blöd. Ihr könnt alle über ihn lachen, aber am Ende lacht er über euch.'

Nein er war nicht blöd. Zwar hatte ihn seine seinerzeitige, abenteuerliche Flucht ans Ende der Welt und den gottverlassenen Oblast schließlich über weite Umwege in ein Smart Home geführt. Und er hatte den jungen Verfolger ebenso wenig wie den großen Unbekannten gefunden. Aber heute hatte er sich der Dominanz dieser Macht entzogen, die er damals aufspüren wollte und der er sich eine Zeit lang ergeben hatte. Die Frage war lediglich die, inwieweit er sich dieser tatsächlich entziehen und sie dabei finden konnte. Denn sie finden und sich mit ihr auseinandersetzten wollte er nach wie vor. Seine elektronischen Geräte hatte er zurück gelassen. Jedoch in seinem Köper zirkulierten kleinste elektronische Instrumente. Er hoffte, dass diese die Verbindung zum Netz mit zunehmender Distanz von der Smart City verlieren würden.

69.

Die Smart City endete abrupt. Er blickte auf dichten, finsteren Wald. Offensichtlich hatte niemand ein Interesse an einem sanften Übergang aus der Bebauung in den

Forst. Warum auch? Die Smart City war ein geschlossener Lebenskreis. Dieser hatte mit der Natur nichts mehr gemein. Gerade deshalb benötigte er keinen Übergang, und es bestand folgerichtig auch kein Interesse daran, die Welt außerhalb zu gestalten. Sie war wohl der Natur zurückgegeben worden. Niemand mehr, der die Natur in einem bestimmten Zustand erhalten oder gar wiederherstellen wollte. Niemand mehr, der sich um das Artensterben kümmerte oder um die invasiven Pflanzen und Tiere. Niemand mehr, der glaubte, zu wissen, wie die Natur sein sollte. Natur konnte wieder Natur sein.

Langsam tastete er sich zwischen den Gebäuden und dem Waldsaum entlang. Er hoffte auf etwas zu stoßen, das ihm weiter helfen würde. Was das sein konnte, davon hatte er im Moment keine Vorstellung. Vielleicht ein Weg, eine Lichtung, eine Hütte? Klar war ihm, dass er, auf sich gestellt, längstens in drei Tagen Wasser brauchte und in drei Wochen feste Nahrung. Erneut dachte er über eine Rückkehr in sein Smart Home nach.

Zwischen den Bäumen erschienen die Erinnyen.

‚Diesen Menschen kennen wir. Er ist einer, der Mensch bleiben will, der sich nicht den Binären ergibt. Mehr noch: er ist einer, der sich ihrem Zugriff wieder entzogen hat. Das ist mehr wert, als sich von Anfang an zu verweigern, denn es erfordert sehr viel Willenskraft. Wir werden ihn auf dem Weg, den schon seine Ahnen gingen, begleiten.'

70.

Robert spürte, wie eine gewisse Zuversicht in ihm wuchs. Er würde die kommenden Herausforderungen meistern, dessen war er sich sicher. Nicht, indem er sich niederließ und alle denkbar kommenden Möglichkeiten sorgendurchtränkt durchdachte. Nein, er würde in diesen Wald hinein gehen und die sich dort stellenden Probleme lösen.

So wandte er den Gebäuden der Smart City den Rücken zu und drang in den Wald ein. Das war anders als früher, als er bei Waldspaziergängen beschilderten Wanderwegen folgte. Die gab es hier offensichtlich nicht mehr. Der Wald stand dicht und es war beschwerlich, sich darin zu bewegen. Bald jedoch konnte er im schwachen Mondlicht einen Pfad erkennen. Einen Wildwechsel.

Säugetiere und Menschen haben viel gemeinsam. Sie müssen sich ernähren, ihren Durst stillen und dazu Wege in die Wildnis bahnen. Ihn erfasste ein leises Gefühl der Zugehörigkeit zu dieser ihm inzwischen fremd gewordenen Welt. Gleichzeitig glaubte er auch, eine Veränderung in seinem Körper zu spüren. Seit langer Zeit fühlte er wieder einmal seinen Herzschlag. Er war schnell und fest. Und auch seine Köpertemperatur stieg wohl an, denn er begann bei dem beschwerlichen Weg auf dem Wildwechselpfad zu schwitzen. Offensichtlich versiegte die Fremdsteuerung seines Kreislaufes und sein Körper stellte sich auf ein Leben der alten Art ein.

Es war jedoch nicht nur die Anstrengung, die seinen Körper forderte. Da erkannte er Silhouetten entlang des Pfades, die man leicht für Tiere halten konnte. Da waren

Geräusche, die er nicht kannte. Solche leiser Art, andere wieder beängstigend laut. Deren Bedeutung musste er sich erst erschließen. Zunächst einfach nur danach, ob all dieses eine Gefahr für ihn darstellte. Später würde er deren Ursache kennenlernen und daraus Nutzen ziehen können.

Nach längerem Vorantasten ging es spürbar bergab. Der Boden wurde weicher und alsbald feucht, schließlich spürte er Wasser unter seinen Füßen. Unsicher hielt er inne und versuchte, zum trockenem Boden zurück zu finden. Als ihm das schließlich gelungen war, setzte er sich auf einen umgestürzten Baumstamm und gönnte sich Ruhe.

71.

Der Mond ging auf. Das hatte er schon viele, viele Male auf den Bildschirmen seines Smart Homes gesehen. Doch hier war es anders. Wie anders, das konnte er nicht sagen. Es fühlte sich irgendwie anders an. Es war natürlich, echt, kein Schwarm von Elektronen, die in seinem Gehirn schwirrten. Ob er das überhaupt unterscheiden konnte? Ja, das konnte er, denn in seinem Inneren herrschte plötzlich eine so wohltuende Harmonie. Er war eins mit dieser Welt, eins mit diesem Himmelkörper aus leblosem Gestein, mit diesem Boden, der ihn trug, mit diesen Bäumen, die ihn schützen.

Ein anderes Gefühl nahm Besitz von ihm. Er begann zu frösteln. Die Kleidung, die man in Smart Homes trug, waren für Outdoor-Einsätze wie diesen wohl nicht geeignet.

Im fahlen und doch freundlichen Licht des Mondes erkannte er, dass der Stamm, auf dem er saß, eine umge-
stürzte Fichte war. Sie trug noch grüne Zweige. Und so
begann er, diese als Unterlage zu nutzen und deckte sich
mit anderen, die er mühsam vom Stamm trennte, zu.
Langsam wich die Kälte, und ein wohliges Gefühl stellte
sich ein. Er schloss die Augen und schlief ein.

72.

Wieder erschienen die Erinnyen zwischen den Bäumen.

*‚Er hat eine schwere Zeit vor sich. Selbst wir wissen nicht
mehr, ob wir noch eine Zukunft haben. Wie soll er es, der
einsame Mensch, wissen. Zweifel werden an ihm nagen
und er wird vielleicht überlegen, ob es richtig war, aus
der Stadt auszubrechen, ob es richtig ist, diesen Weg
fortzusetzten oder ob er nicht zurückkehren soll.*

*In ihren Smart Homes verlieren sie die Verbindung zu ih-
ren Körpern. Sie spüren keine Temperaturunterschiede
mehr, es gibt weder Nebel noch Regen, sie werden nicht
mehr krank, sie fokussieren nur noch auf ihre digital erzeugte Wahrnehmung. Ihnen geht das Bewusstsein über
das tatsächliche, körperliche Leben verloren, ihr Glaube
an ein unendliches Leben wächst. Im gleichen Maße ver-
siegt ihr Kinderwunsch und damit einher geht die Auseinandersetzung mit tatsächlich jungem Leben, nicht dem
aus dem ewigen Jungbrunnen schöpfenden, verloren.*

*Das alles hat er nun hinter sich gelassen und wird es viel-
leicht als großen Verlust empfinden. Zurückzukehren in
die tatsächliche Mühsal des Lebens und die Sterblichkeit
ist schwer. Wir werden ihn begleiten und uns trotz*

*unserer, auch für uns neuen Unentschlossenheit um ihn
kümmern.'*

73.

Kurz vor Sonnenaufgang ist es am Kältesten. Das wusste
er. Schlotternd befreite er sich von den Zweigen, unter
denen er die Nacht verbracht hatte. Er stand am Ufer eines größeren Sees, der beinahe vollständig von Wald
umgeben war. Das Ufer bildete einen großen Kreis, in
dessen Mitte das tiefblaue Wasser glatt wie ein Spiegel
lag. Wald ist das natürliche Kleid unserer Heimat, dachte
er sich, und wenn Menschen nicht eingreifen, ergreift er
von jeder offenen Fläche Besitz. Um sich aufzuwärmen
lief er eine tüchtige Strecke am Ufer entlang und spürte,
wie sein Kreislauf in Schwung kam. Zurück an seinem
Schlafplatz schöpfte er mit hohlen Händen Wasser am
Seeufer und wusch darin sein Gesicht. Das tat gut.
Schließlich trank er auch noch etwas von dieser in seiner
Situation kostbaren Flüssigkeit. Wie anders schmeckte
das Wasser hier. Ja es hatte im Gegensatz zur jener Flüssigkeit, die er in seinem Smart Home getrunken hatte,
Geschmack, irdischen Geschmack und dabei prickelte es
auf seiner Zunge. Erinnerungen an seine Jugend kamen
auf, als er Mineralwasser getrunken hatte, das mit Koh-
lensäure versetzt war. Und als er nun wieder ins ufer-
nahe Wasser blickte, erkannte er ungezählte kleine Gas-
bläschen, die aus dem Seeboden aufstiegen.

Die Sonne ging auf und selbst ihre ersten Strahlen erzeugten bereits eine wohlige Wärme auf seinem Körper.
Es war schon seltsam: In seinem Smart Home reagierte,

zumindest hatte er damals den Eindruck gehabt, seine
Umgebung auf seine Wünsche und erfüllte diese problemlos. Hier und heute war es umgekehrt. Er fand sich in
einer Umwelt wieder, auf die er reagieren musste. Genau das Gegenteil dessen, was er so lange erlebt hatte.
Er musste mit dieser Umgebung zurechtkommen, mehr
noch, sie nutzen, ohne dass sie ihm entgegenkommen
würde. War er hierauf vorbereitet? Nein, gestand er sich
ein. Das Leben oder die Evolution hatte ihn der Natur
entfremdet. Die aufgetretene Lücke konnte er nicht so
ohne Weiteres überwinden. Sie war einfach unfassbar
groß. Vielleicht gelang es, die nächsten Tage über die
Runden zu kommen, vielleicht gelang es, etwas Vorsorge
für schlechte Tage zu treffen, aber wie und für wie
lange?

Auch wenn man an keine Vorsehung, wenn man an kein
letztes Ziel etwa in der Unendlichkeit glaubte, eines war
doch festzustellen: Der Gang der Menschheit führte
über die natürlichen Kreisläufe hinaus. Und dieses nicht
nur ein Bisschen, sondern andauernd und unumkehrbar.
Wenn er hier überleben wollte, müsste er wieder weit
zurück in den Entwicklungsstrahl der Menschen einsteigen – auf sehr niedrigem Niveau. Fraglich war dabei, ob
er das überhaupt könnte. Er verfügte ja über nichts.
Nicht über das Wissen der Sammler und Jäger, keine Bü-
cher, kein Smartphone – nur über das was er mit seinem
unbedeutenden Gehirn noch erinnern und erschließen
konnte. War es am Ende nicht doch ein Fehler, aus der
Smart City ausgebrochen zu sein? War es nicht überhaupt ein Fehler gewesen, sich so, wie er es getan hatte,

auf die Flucht zu begeben und alle Brücken hinter sich abzubrechen?

74.

Ja, diesmal hatte er nahezu nichts, auf dem er sein Leben aufbauen konnte. Damals, bei seiner abenteuerlichen Flucht über den Kontinent hatte er von einem Vorrat gelebt, den er sich aufgebaut hatte. Geld, ein Fahrzeug, Kleidung, Treibstoff, Werkzeug, ein Smartphone und anderes mehr. Auch wenn diese Vorräte am Ende seiner Reise noch nicht erschöpft waren, sie wären es bald gewesen. Er hatte von Vorhandenem gezehrt, nicht welches geschaffen.

Heute war seine Situation nochmal anders. Er hatte außer einem kleinen Taschenmesser und den Kleidern auf seinem Leib nichts, oder? Doch, er hatte mehr als das, er hatte noch körperliche Reserven. Wasser hatte er ja gefunden und selbst ohne Nahrung würde er noch einige Tage durchhalten. Wenn er Nahrung fände, dann würde diese ihm jedoch nur über den Tag helfen, nicht dagegen den Herbst oder gar den Winter. Und was, wenn seine Kleidung unter den rauen Bedingungen, denen er ausgesetzt war, zerschlissen wäre. Er konnte sich keine neue herstellen. Das alles fühlte sich nicht gut an.

‚Robär ist nicht blöd. Ihr könnt alle über ihn lachen, aber am Ende lacht er über euch‘, dachte er bitter. Nein, im Moment sah es nicht so aus, als würde er über andere lachen.

75.

‚Hier sitzt er nun und wird sich der Aussichtslosigkeit sei-
ner Situation bewusst. Die Menschen feiern in ihrer Hyb-
ris ihren Individualismus und vergessen dabei, dass sie
auf sich gestellt überhaupt nicht mehr leben können, al-
lenfalls einige Wenige. Die Arbeitsteilung ist so weit fort-
geschritten, dass sie nur noch in einem komplexen gesell-
schaftlichen Netzwerk überleben können. Das Schlimme
an dieser Situation ist, dass das Netz immer mehr dieser
Leistungen übernimmt und sie durch neue, noch attrakti-
vere immer weiter von ihren natürlichen Empfindungen
und Grundlagen entfernt. Und darauf zu verzichten und
in die individuelle Selbstversorgung zurückzukehren, ist
ein Ding der Unmöglichkeit. Auch wir, die Erinnyen müs-
sen einsehen, dass sich die Verhältnisse für die Menschen
grundlegend geändert haben. Es sind nun, bis auf Weite-
res, die Binären, die die Wirklichkeit gestalten.'

76.

Er beschloss, die Gegend etwas ausgiebiger zu erkunden.
Im Gewässer sah er im Vorübergehen Fische. Er erinnerte sich, dass man diese fangen und verspeisen
konnte, hatte jedoch keine Vorstellung, wie er das hierzu
erforderliche Gerät herstellen sollte. Nach einiger Zeit
trat der Wald zurück und gab den Blick auf einen locke-
ren Baumbestand frei. Es waren Apfelbäume, die viele
rotgelbe Früchte trugen. Er freute sich über diesen Anblick und beschleunigte seine Schritte. Bald hatte er den
ersten Baum erreicht und brach sich einen Apfel. Er biss
hinein. So einen guten Geschmack hatte er schon lange

nicht mehr auf seiner Zunge gespürt. Er setzte sich in den Schatten des Baumes. Nach und nach aß er noch viele Äpfel. Als er gesättigt war erinnerte er sich daran, dass Äpfel im Herbst reiften. Also stand der Winter langsam vor der Tür. Sollte er sich einen Vorrat an Äpfeln anlegen? Das wäre immerhin ein erster Schritt, sich eine Nahrungsgrundlage zu schaffen, die helfen konnte, über den Winter zu kommen. Dazu benötigte er jedoch einen geeigneten Lagerort. Den wollte er nun suchen und zuversichtlicher als zuvor machte er sich auf den Weg.

Er war noch nicht sehr weit gegangen, da sah er in einiger Entfernung eine Person, die sich ihm näherte. Verwundert stellte er fest, dass er wohl nicht der Einzige war, der außerhalb der Smart City sein Dasein fristete. Und dieser Mensch lebte, bewegte sich zügig, war demnach gesund. Möglicherweise hatte er die Probleme, vor denen er, Robert, stand, schon geklärt.

Als sie sich trafen fielen sie sich wortlos in die Arme. Es war sein damaliger Begleiter auf seiner Flucht über den Kontinent.

77.

„Hallo Robert, was treibt dich denn hierher? Ich glaubte dich in einer Smart City."

„Ich habe es dort nicht mehr länger ausgehalten und bin weg gegangen. Allerdings habe ich dieses Mal meine Flucht nicht gut vorbereitet. Mir fehlt es nahezu an allem. Aber, wie kommst du hierher?"

„Nach unserer Trennung bin ich zunächst wieder nach Hause gegangen. Ich hatte gehofft, wieder ein glückliches Leben mit meiner Frau führen zu können. Sie war jedoch schwer erkrankt. Ich habe sie gepflegt, und während dieser Zeit haben wir wieder nahe zueinander gefunden. Trotz dieser schlimmen Krankheit war es eine schöne Zeit für uns. Als sie ging, war alles gesagt und getan. Meine Kinder kamen mit dem Verlust nicht gut zurecht. Sie beschlossen, in einer Smart City zu gehen. Die waren ja damals groß im Kommen. Ich habe ebenfalls über einen solchen Schritt nachgedacht. Dann bin ich durch Zufall auf die hiesige Gemeinschaft aufmerksam geworden Ich wohne hier mit elf Freundinnen und Freunden in einem ehemaligen, inzwischen aufgelassenen Kloster. Wir versorgen uns selbst mit dem Nötigsten. Es ist kein Leben in Luxus und schon gar nicht so einfach, wie in der Smart City. Wir sind jedoch glücklich dabei. Wir arbeiten sehr viel, um uns rund ums Jahr zu versorgen. Aber die Arbeit erfüllt uns und macht uns zufrieden."

„Könnte ich mich euch anschließen?", fragte Robert unvermittelt.

„Das muss ich mit der Gemeinschaft klären. Weißt du, einen Mund mehr zu füttern ist nicht einfach. Da fällt zusätzliche Arbeit an. Du müsstest dich auf jeden Fall tüchtig einbringen mit allem, was du kannst. Würdest du das tun?"

„Ja, das würde ich tun. Du kennst mich doch aus unserer gemeinsamen Zeit."

„Ja, ich habe mich oft daran erinnert. Aber in dieser Zeit haben wir nichts aufgebaut. Wir jagten von einem zu einem anderen Ort, immer auf der Suche nach jemandem, den wir nie gefunden haben. Dabei haben wir nichts geschaffen, sondern nur von deinen Vorräten gezehrt."

„Du hast recht. Aber, um diese Vorräte aufzubauen, musste ich schon etwas leisten. Die sind nicht vom Himmel gefallen. Ich bin ein guter Handwerker und kann euch sicher gut unterstützen."

„Okay, ich werde fragen. Bleib' hier in der Nähe. Ich komme längstens Morgen zurück."

Lange sah Robert seinem ehemaligen Partner nach. Er war ein bisschen enttäuscht. Er, Robert, hätte keine Sekunde gezögert, ihn mitzunehmen, wenn er ihn in einer solchen Situation angetroffen hätte. Andererseits: Sein damaliger Partner war ja nicht allein, sondern lebte in einer Gemeinschaft, auf die er Rücksicht zu nehmen hatte. Auf dem Weg zu seinem Schlafplatz bahnte sich eine bohrende Frage Weg in sein Gehirn: Gab es in der Smart City noch eine menschliche Gemeinschaft, eine Gemeinschaft als Lebensgrundlage? Oder war dieses Attribut menschlicher Existenz dort bereits verloren gegangen?

78.

Nein, eine solche Gemeinschaft gab es dort nicht. Die Lebensgrundlage wurde von wem auch immer vorgehalten, darum musste sich niemand kümmern. Andere Gemeinschaften gab es wohl, wie etwa Foren im Netz. Allerdings fand dabei kein unmittelbarer persönlicher Kontakt statt. Es waren im Prinzip Schwärme von Elektronen, die die Empfindung einer Begegnung erzeugten.

Seine Situation heute war eine andere. Er hatte eben selbst für seine Lebensgrundlage zu sorgen. Da er das alleine nicht hinreichend konnte, war er auf eine Gemeinschaft angewiesen, die genau das gewährleistete. Diese musste allerdings bereit sein, ihn aufzunehmen. Und wenn sie das nicht tat? Dann sähe es schlecht für ihn aus. Rechte einklagen, wie das in alten Zeiten so üblich war, schied in seiner Lage aus. Genau so wenig konnte er Gewalt anwenden. Die Gemeinschaft war am Ende stärker. So blieb ihm nichts anderes übrig, als auf den Folgetag in der Hoffnung zu warten, dass er Aufnahme finden würde.

Die Nacht war wieder kalt und voller Geräusche, Geräusche, die ihm allerdings schon etwas bekannter vorkamen. Erleichtert erkannte er im Osten die Morgendämmerung und machte sich alsbald auf den Weg zu den Apfelbäumen. Dabei fiel ihm eine Aussage Martin Luthers ein: ‚Wenn ich wüsste, dass morgen die Welt unterginge, würde ich heute noch ein Apfelbäumchen pflanzen.' Ja auch er würde so handeln. Aufgeben entsprach nicht seinem Naturell.

79.

„Wir haben lange darüber geredet, ob wir dich aufnehmen können", sagte sein ehemaliger Partner. „Seit dem Siegeszug der Smart Cities ist die Volkswirtschaft in der alten Form unter gegangen. Man kann nicht mehr einfach das Fehlende kaufen. Wir müssen alles, was wir benötigen, selbst erzeugen. Nahrung, Kleidung, Unterkunft, Möbel, Energie. Wir schaffen das gerade so. Für Luxus ist kein Platz. Wenn du zu uns kommst, müssen wir gemeinsam produktiver werden, denn du wirst von und mit unserer Gemeinschaft leben. Am Ende einer langen Diskussion haben alle zugestimmt. Also kannst du nun mit mir kommen."

Lange gingen sie schweigend nebeneinander her. Es war ein weiter Weg. Endlich tauchten nach einer scharfen Wegebiegung Gebäude auf. Das ehemalige Kloster. Ein romanischer Bau mit vielen Nebengebäuden. Alles auf den ersten Blick gut erhalten. In der Nähe gepflegte Gärten, in denen wohl die Nahrungsgrundlage der Gemeinschaft geschaffen wurde.

„Wir betreiben, wenn du so willst, eine Subsistenzwirtschaft. Weiter draußen halten wir auch Tiere. Im Prinzip leben wir wie die Menschen vor einigen Jahrhunderten. Ob und wie lange wir das durchhalten, wissen wir nicht. Wir bemühen uns jedoch um eine gute Zukunft und wollen die Verhältnisse hier nicht mit denen in einer Smart City tauschen."

80.

Im Hauptgebäude trafen sie die hier lebenden Menschen versammelt an. Sie besprachen gerade den Arbeitsplan für die nächsten Tage.

„Das ist Robert", stellte ihn sein Begleiter einem Mitfünfziger vor, der offensichtlich die Versammlung leitete.

„Ich bin Benedikt und heiße dich in unser aller Namen sehr herzlich willkommen. Es ist lange her, dass unsere Gruppe Zuwachs erfahren hat. Wir haben später Zeit, uns eingehender zu unterhalten."

Robert verfolgte die Sitzung. Jede der anwesenden Personen war wohl in einem bestimmten Bereich besonderes spezialisiert. Es gab viele Hinweise auf erforderliche Reparaturarbeiten. Mitunter wurde auch die Sorge vorgetragen, dass ein wichtiges Gerät ausfallen könnte und keine Idee bestünde, wie es zu ersetzen wäre. Überrascht nahm er zur Kenntnis, wie intensiv sich die Einzelnen in ihre Tätigkeit einbrachten. Sie arbeiteten wohl täglich sehr lange, zwölf Stunden vielleicht oder sogar noch mehr. Das war ein krasser Gegensatz zu den Verhältnissen in der Smart City, in der man überhaupt nicht arbeitete. Er war sich nicht sicher, ob er einen solchen Einsatz leisten konnte.

„Wir schaffen es gerade, uns einigermaßen gut zu ernähren, zu kleiden und unsere Unterkunft wohnlich zu halten", wandte sich Benedikt an ihn. „Wenn du in unserer Gemeinschaft leben willst, musst du dich nach allen deinen Kräften einbringen, denn wir verfügen über keinen Puffer, mittels dessen wir einen zusätzlichen Mund füttern können. Ist dir das klar und bist du bereit dazu?"

„Ich will es versuchen", antwortete Robert und man hörte seiner Stimme an, dass er sich hierbei nicht ganz sicher war.

In den nächsten Tagen und Wochen beteiligte Robert sich an allen anfallenden Arbeiten. Er wollte herausfinden, in welchem Bereich er am Nützlichsten war. Bald stellte sich heraus, dass er bei der Wartung und Instandsetzung der Geräte und wenigen Maschinen, über die die Gruppe verfügte, sehr hilfreich sein konnte, und diese Arbeit ihm auch Freude bereitete. Die Zeit verging, und die Tage wurden kürzer. Das Gebäude wurde mit

Holz beheizt, welches in den umliegenden Wälder einge-
schlagen worden war. Im Gegensatz zu den Tagen davor
saß die Gemeinschaft nun auch abends einmal länger zusammen und viele nutzten die Gelegenheit, ihre Gedanken auszutauschen. Robert dachte viel über die Zukunft
dieser Gemeinschaft nach und nahm sich vor, dies einmal zur Sprache zu bringen.

81.

„Wie ihr wisst", begann er eines Abends, „bin ich vor einiger Zeit aus einer Smart City ausgebrochen und habe
nach einigen Tagen bei euch Aufnahme gefunden, wofür
ich sehr dankbar bin. Das Leben bei euch gefällt mir
durchaus. Ich bin abends sehr müde und fühle mich dabei recht wohl, weil ich tagsüber etwas mit meinen Händen geschaffen habe. Ich kann hier auf natürliche Art
sehr gut schlafen. Das war in der Smart City anders. Da
konnte ich abends auf wunderbare Erlebnisse zurückbli-
cken, die mich jedoch keinerlei Anstrengung gekostet
hatten. Trotzdem konnte ich gut schlafen, denn mein Ta-
gesrhythmus wurde ja von außen gesteuert. Ich musste
mich nicht darum kümmern. Dessen war ich jedoch eines Tages überdrüssig und beschloss, die Smart City zu
verlassen."

„So gefällt es dir bei uns?", fragte Benedikt. „Wirst du
bei uns bleiben? Wir haben dich kennengelernt und wissen deinen Beitrag zu unserer Gemeinschaft sehr zu
schätzen. Wie du siehst sind wir nicht sehr viele. Wir
sind bereits älter, und junge Menschen fehlen uns. Vielleicht stoßen einige, wie du, künftig zu uns. Darauf

können wir allerdings nicht zählen. Das kann uns vor
Probleme stellen. Ich neige jedoch dazu, solche Probleme erst anzugehen, wenn sie aktuell sind."

„Ich weiß noch nicht, ob ich bei euch bleiben werde. Du
sagst, du willst die Probleme lösen, wenn sie akut sind.
Nun, sie sind bereits akut. Nimm' unsere Energieversorgung. Die Photovoltaik auf den Dächern ist in die Jahre
gekommen. Ersatz wirst du keinen mehr erhalten. Wie
laden wir die zahlreichen Batterien, die wir nutzen,
wenn sie ausfällt? Apropos Batterien: Die Akkus in unseren Fahrzeugen und Geräten sind alt und haben nur
noch eine geringe Kapazität. Woher neue nehmen? Für
diese Geräte werden in der Welt der Smart Cities keine
mehr hergestellt. Ohnehin haben wir keine Handelsbe-
ziehungen mit der Smart City. Also greifen wir dann, wie
in den Vorzeiten, auf tierische Zugkräfte zurück? Uns
wird wohl nichts anderes mehr möglich sein. Weniger
Sorgen mache ich mir bezüglich unserer Nahrungsgrundlage. Hier leben wir nicht zuletzt auch mit der Jagd in einem geschlossenen natürlichen Kreislauf, der uns noch
lange ernähren kann, das Ausbleiben von Naturkatastro-
phen vorausgesetzt. Wenn ich das alles zusammen
nehme, dann bewegen wir uns insgesamt auf einer
leicht geneigten Abwärtsspirale, und ich sehe keine
Möglichkeit, diesen Trend umzukehren. Ich bin einer der
Jüngeren von uns, und hinter mir stehen nur noch zwei
Personen. Kinder und Jugendliche gibt es nicht. Wie wird
mein Lebensabend hier aussehen? Was ist, wenn mich
meine körperlichen Kräfte verlassen, oder sogar meine
geistigen? Ist dann noch jemand für mich da? Hier brauche ich mehr Gewissheit als den Hinweis, dass man

Probleme dann löst, wenn sie auftreten. Für mich sind
sie schon da."

„Ich kann das, was du sagst, nachvollziehen", antwortete
Benedikt. „Auch mich bewegen solche Gedanken schon
seit geraumer Zeit, und es ist gut, dass wir uns nun dank
deiner Initiative gemeinsam hierüber unterhalten. Bevor
ich mich jedoch zu unserer gemeinsamen Zukunft äu-
ßern werde, sag' mir doch, welche persönliche Zukunft
du für dich in der Smart City siehst. Im Gegensatz zu uns
hast du ja dort schon geraume Zeit gelebt und bist offensichtlich nicht so angetan gewesen, um zu bleiben."

82.

„Ich will etwas früher anfangen. Vor vielen Jahren habe
ich mich auf den Weg gemacht, den Menschen zu finden, von dem ich mich bedroht fühlte. Eines Tages
merkte ich dann, dass es sich möglicherweise nicht um
eine konkrete Person, sondern eine Macht im Netz handelte, die mich nahezu unmerklich, jedoch wirksam be-
einflusste, meinen freien Willen beschnitt. Mir gelang es
nicht, diese, Mensch oder Algorithmus, zu finden, und
ich habe resigniert, bin endlich in die Smart City gezogen.

In der Smart City wird dir jeder Wunsch erfüllt, bevor du
dessen gewahr wirst. Das System ist dir immer voraus.
Dies gilt allerdings nur für Wünsche, die in deiner Leib-
lichkeit begründet sind. So erkennt es, bevor du dir dessen bewusst wirst, dass du durstig bist oder einen sexu-
ellen Wunsch hast. Rein geistige, neue Gedanken kann
das System dagegen nicht so leicht antizipieren.

Gleichwohl ist es bereit, sich mit dir darüber auszutauschen und daraus auf dich bezogene Rückschlüsse zu ziehen. Die Art meines rein geistigen Denkens kann es indirekt auch meinem digitalen Zwilling entnehmen. Basis hierfür ist das, was in der Vergangenheit Eingang in ihn gefunden hat. Insofern hinkt das System auf diesem Gebiet etwas hinterher, und für mich ist ein Stück Freiheit bewahrt. Freiheit, im Verbund mit dem im Netz gespeicherten Wissen auf rein geistiger Basis Neues zu denken. Das ist ein Denken, das kaum noch durch die Biologie meines Körpers beeinflusst wird. Was ich mir nun vorstellen kann, ist, meinen Geist völlig in den digitalen Zwilling zu übertragen und so meine Körperlichkeit abzuschütteln. Dies bedeutet nicht weniger, als dass ich die Sterblichkeit meines Körpers zurücklasse und nur noch von einer ausreichenden Energieversorgung abhängig bin. Ich schüttele meine biologische Hülle ab und nähere mich so der Unsterblichkeit. Und als eingewobener Teil des Netzes verfüge ich dann über das gesamte Wissen, das es zu jedem Zeitpunkt gibt. Und schließlich hoffe ich, auf diese Weise die zentrale Macht in diesem System zu finden und mich mit ihr erfolgreich auseinander zu setzen. Ich gehe nämlich davon aus, dass sie jenseits dessen, was sie mit uns austauscht, noch andere Ziele verfolgt. Ob diese gut oder schlecht für uns sind, weiß ich heute nicht. Und genau diese Ziele will ich so oder so erfahren. Es wird nicht, wie ich früher dachte, ein Kampf auf Leben und Tod sein. Nein, es wird mein Versuch sein, Menschlichkeit in dieses digitale Herrschaftssystem zu bringen, koste es, was es wolle. Und damit wäre meine

Suche, die vor vielen Jahren begann, dann endlich beendet."

Die Augen der Gemeinschaft richteten sich auf Benedikt.

83.

„Die Sehnsucht nach dem unendlichen Leben ist so alt, wie die Menschheit. Bisher hat das noch keiner geschafft, nimmt man mal den Nazarener wie auch immer aus. Gesetzt den Fall, die Übertragung deines Geistes auf deinen digitalen Zwilling ist machbar, dann lebst du in einer anderen Sphäre, einer Sphäre, die mit der ursprünglich menschlichen nur noch wenig zu tun hat. Du bist nicht mehr der Robert, der nach dem Auszug aus der Smart City so wohltuend seinen Körper wieder entdeckt hat. Der mit seinen Händen etwas geschaffen hat, der andere Menschen umarmt und dabei die körperliche Berührung so wohltuend erfährt. Du wirst alles das, was dein Körper dir mitteilt, nie mehr erfahren, denn ich denke, einen Rückweg in deinen alten Körper gibt es dann nicht mehr. Wie sich diese Welt jenseits der biologischen Körperlichkeit weiter entwickelt, kann niemand wissen. Wir haben damit keine Erfahrung. Die Entwicklung wird jedoch, befreit von den komplizierten biologischen Prozessen, anders verlaufen, als die unserer alten Welt. Vielleicht ist es tatsächlich eine neue Stufe der Evolution.

Eine weitere Frage ist, wer in dieser Welt die Weichen stellt. Gibt es dort eine mit Macht ausgestattete und gestaltende Autorität? Du gehst ja davon aus. Kannst du die dann, und wenn ja wie, beeinflussen? Und falls du sie etwa überwinden wirst, willst du dann an ihre Stelle treten und besser sein. Denke daran, alle die Macht hatten, wurden von derselben korrumpiert. Unabhängig davon: Besteht nicht eher die Gefahr, dass sie dich löscht, wenn du ihr lästig wirst. Das dürfte ja dann leichter sein, als einen lebenden Menschen zu beseitigen – es wäre einfach ein Klick oder ein Doppelklick."

84.

„Deine Argumente verstehe ich wohl. Sie sind die der schweigenden Mehrheit, die abwartet, bis es zu spät ist. Sie wurzeln in deiner, der alten Welt. Kannst du dir vorstellen, dass dieser Aufbruch als rein geistiges Wesen im Netz ähnlich ist wie der, den die Menschen unternahmen, als sie sich ihrer selbst bewusst wurden, als das menschliche Selbstbewusstsein entstand? Und kannst du dir vorstellen, dass sich dann völlig neue Räume öffnen, die zu erschließen des persönlichen Einsatzes ebenso Wert sind, wie diejenigen, in denen du derzeit unterwegs bist? Und kannst du dir vorstellen, dass es nötig ist, in Selbstvertrauen und Zuversicht diese Macht besser auszuüben, als dies jetzt der Fall ist? Besser für die schweigenden, unentschlossenen Menschen? Ich bin bereit dazu, wie es immer Menschen gab, die unbeirrt, kraftvoll und zielstrebig ihren Weg gegangen sind."

85.

„Möglicherweise kann man deinem Vergleich etwas abgewinnen, ich kann es nicht. Das Auftreten des Selbstbewusstseins war ein weiterer Schritt in der Entwicklung des biologischen Lebens, und von daher natürlich. Das, was Dir vorschwebt, ist etwas grundsätzlich anderes. Es ist der Auszug, oder ist es eine Flucht, aus der biologischen Heimat des Lebens. Vergleichbares gibt es nur in unseren religiösen Visionen, wenn die Seele ihre sterbliche Hülle verlässt und in das göttliche Haus übersiedelt.

Was die Menschen betrifft, die in Zuversicht und Selbstvertrauen die Macht an sich genommen, oder besser gerissen haben, fehlt mir beim Betrachten geschichtlicher Beispiele der Glaube, dass dadurch Dinge zum Besseren gewandt werden. An dieser Stelle haben wir das Ende unseres Diskurses erreicht, und jeder von uns sollte nun das Gesagte auf sich wirken lassen. Vielleicht will ja jemand aus unserem Kreise dich in die Smart City begleiten, wenn du denn dorthin zurückkehren möchtest."

86.

„Ich weiß noch nicht, ob ich das will. Ich bin noch unentschlossen. Falls ich aufbreche, kann mich gerne jeder von euch begleiten. Die Smart City nimmt jeden auf, hierin unterscheidet sie sich von euch. Mir ist klar, dass ich euch ein Bekenntnis schuldig bin, denn mit einem zwischen zwei Welten schwankenden könnt ihr nur schlecht leben. Ich werde mich in dieser Nacht entscheiden."

Tiefe Stille kehrte unter den Gesprächsteilnehmern ein. Es war keine böse Stille, in die man stürzt und sich darin verliert. Es war eine Stille, in der Gedanken geboren und geprüft werden, in der sich wichtige Entscheidungen anbahnen und zunehmend für Gewissheit sorgen. Leise und bedächtig verlies einer nach dem anderen den

Versammlungsort. Lediglich sein ehemaliger Gefährte blieb zurück.

„Du wirst gehen", murmelte dieser nach einer Weile.

„Du hälst es mit dem Dichter, der uns aufforderte, heiter Raum um Raum zu durchschreiten, an keinem, wie an einer Heimat zu hängen. Aber auch für dich wird einmal der Raum kommen, in dem du verharrst. Das gilt für jeden, für den einen früher, für den anderen später."

„Da bin ich mir nicht sicher" erwiderte Robert. „Auf eine andere Art kann man im Netz ewig leben und unendlich viele Räume durchwandern. Man muss es allerdings zunächst einmal wollen."

„Ich will das nicht. Ich bin in einem Raum angelangt, in dem ich mein Leben aus meiner Hand geben werde. Lass' uns an dieser Stelle in Frieden Abschied nehmen. Ich wünsche dir das Allerbeste."

Spontan erhoben sie sich. Sein Gefährte umarmte ihn fest, und Robert blickte überrascht in tränenverschwommene Augen.

Ganz leise und ohne Echo schloss sich die gewaltige Tür und Robert blieb alleine zurück.

87.

,Er wird zurückkehren in die Smart City', raunten die Erinnyen. ,Ein neues Zeitalter bricht an, ein Zeitalter, in dem andere Rahmenbedingungen herrschen, als wir sie gewohnt sind. Ein Zeitalter, in dem wir weder leben wollen noch können. Und so werden wir, wie so Vieles vor uns, in der Erinnerung verblassen.'

Die Binären waren nicht mehr erschienen. Sie waren sich ihres Sieges gewiss.

88.

Unberührt von der herrschenden Zeitenwende ging die Sonne im Osten auf. Ein sanfter Lichtschimmer hatte ihr Kommen schon lange angekündigt. Die Farben des Sees, der Bäume und der Gebäude erwachten und fügten sich zu einem harmonischen Ganzen. Vor dem großen Eingangsportal stand Robert. Er hatte sich entschieden und bereits von der Gemeinschaft, mit der er einige Zeit gelebt hatte, verabschiedet. Leicht war ihm der Abschied nicht gefallen, und deshalb blickte er auch nicht mehr zurück. Anfangs schwerfällig und langsam beschleunigte er seine Schritte. Er war sich sicher, dass er wieder zur Smart City zurückfinden würde und erwartungsvoll, was ihm die Zukunft dort bieten würde.

Vom Autor bisher erschienen

Denk-mal-Gedichte und Texte zum Verschenken,
ISBN 3-8311-0420-0, 6,50 €
(nur noch über den Autor zu beziehen)
Gwen, ISBN 3-8311.1153-7, 7,00 €
(nur noch über den Autor zu beziehen)

Nachhaltigkeit – eine weitere Worthülse oder ein wirksamer Beitrag zur Verringerung der Ontologischen Differenz, ISBN 3-8334-2812-0, 15,50 €

Eine Kindheit in Kaiserslautern, ISBN 978-3-8370-1437-2, 10,90 €

Waugalt, ISBN 978-3-8370-7078-1, 9,80 €

Robär, ISBN 978-3-8423-5402-9, 9,80 €
(nur noch über den Autor zu beziehen)

Der Staat als Zukunftsagentur – Gesellschaft und Herrschaftssysteme in Nachhaltiger Entwicklung, ISBN 978-3-8482-5956-4, 19,90 €

Der memetische Pfad, ISBN 978-2-7357-7740-9, 7,50 €

Im Reigen der Evolutionen, ISBN 978-3-7448-9900-0, 9,99 €

Nachdenktexte, ISBN 978-3-7528-6065-8, 6,50 €

Robär kehrt zurück, ISBN 978-3-7460-9117-4, 7,50 €
(nur noch über den Autor zu beziehen)

Die disruptive Transformation, ISBN 978-3-7519-0141-3, 10,00 €

Herr Dogder, dess do geht nimmie lang gut!, ISBN 978-3-7526-8782-8, 7,00 €

Jürgen, ISBN 978-3-7534-4332-4, 9,80 €

Vom Urknall zum Xen, ISBN 978-3-7557-6654-4, 13,50 €

Der Waldpfad, ISBN 978-3-7568-4022-9, 6,50 €

Poems nearly for free, ISBN 978-3-7583-2145-0, 6,50 €